Eine turbulente Hochzeit 1968

Die Autorin

Birgitt Neumann, geboren am 27.04.1948 in Wilhelmshaven, wo sie heute noch mit ihrem Mann lebt, schreibt seit langem Gedichte, Geschichten für Kinder und auch ihr letztes Buch »Morgens Fango, abends Tango« wurde bereits veröffentlicht. Sie hat zwei erwachsene Töchter, die allerdings leider in Hamburg und Hannover wohnen. Auch ihr neues Buch »Eine turbulente Hochzeit« zeigt eine humorvolle Seite. Neben ihrer schriftstellerischen Tätigkeit hat sie sich ihrer zweiten Liebe, der Malerei, zugewandt.

Birgitt Neumann

Eine turbulente Hochzeit 1968

Bibliografische Information der Deutschen Nationalbibliothek:
Die Deutsche Nationalbibliothek verzeichnet diese Publikation in der Deutschen Nationalbibliografie;
detaillierte bibliografische Daten sind im Internet über http://dnb.d-nb.de abrufbar.

Satz, Umschlaggestaltung, Herstellung und Verlag: BoD – Books on Demand
ISBN: 978-3-7322-6256-4

Vorwort

Wenn eine Hochzeit etwas verrückt, durchgeknallt, schräg und recht feuchtfröhlich verläuft, kann das spätere Eheleben doch recht langweilig und furztrocken sein. Wenn man sich liebt, übersteht man alles.

Bei gähnender Langeweile ist es gut gewesen, dass jedenfalls die Hochzeit ein Knaller war. Was man manchmal später von seinem Gegenüber, der oder die das Temperament einer Schlaftablette hat, nicht behaupten kann.

Eine Ehe ist eben wie eine Wundertüte.

1968 – Eine turbulente Hochzeit

Was macht ein junger Mann, etwas verzogen und nicht gerade schlecht aussehend bei der Bundeswehr – Marine –?

Er kam aus Bayern, hatte noch nicht viel von der Welt gesehen und wollte eben einmal diese unsicher machen, indem er zur See fuhr.

Er hatte zwei Möglichkeiten. Fremde Länder, Sturm auf hoher See, Seemannslieder, 'ne Buddel Rum und manchmal über die Reling kotzen. Eigentlich nicht ganz schlecht, wenn man an die vielen, schönen, liebreizenden Länder und die dazugehörigen verschiedenen Schönheiten denkt.

Die andere Alternative: Meist verregneter Sommer, immer Wind von vorne, Kindergeschrei, Sportschau, manchmal ein Fortbildungslehrgang und dann noch unendlich lange auf eine Beförderung warten.

Nach langen, tiefsinnigen und bierreichen Gelagen mit seinen Kameraden hatte er sich dann aus vollstem Herzen für die Seefahrt entschieden.

Schiff ahoi! Das Vaterland braucht ihn. Ich anscheinend nicht.

Außerdem bekam er eine schicke blaue Uniform mit einem tollen viereckigen Kragen und weißer Schleife vorne drauf. Ich hatte keine Uniform für ihn. Warum auch! Außerdem besaß ich keine Uniformmütze. Dafür brauchte er von mir auch keine Befehle erwarten, aber eine selbstgestrickte Pudelmütze. Weißblau gestreift mit einer weißen Troddel drauf.

Nach jeder Menge Salzwasserschlucken, Äquatortaufe hatte sein Seefahrtsleben auf dem Zerstörer »Schleswig-Holstein« begonnen. Wir kannten uns nun schon zwei Monate und beschlossen, da unsere Liebe ja bis jetzt alle Stürme überstanden hatte, im Januar zu heiraten. Außerdem gab es noch eine Weiterverpflichtigungsprämie von ca. 4000,00 DM. Damals viel Geld.

Die bekam man aber nur, wenn man bis März 1968 verheiratet war. Danach lief die »Schleswig-Holstein« dann für mehrere Monate in wärmere Länder aus. Ließ sich in den Häfen alles, was nicht vom Stoff bedeckt war, knackig bräunen, während ich mir in Wilhelmshaven den Hintern abfror. Vier Monate sollte die Fahrt dauern, da war der Wiedererkennungswert gleich null. Aber bis dahin lagen ja noch ein paar Hindernisse vor uns.

Meine Eltern hatten keine Ahnung. Kannten ihn auch kaum. Seine Eltern hatten auch keine Ahnung. Kannten mich überhaupt nicht. Ich war evangelisch er katholisch. Der Glaube seiner Eltern war aber bestimmt ernsthafter gelebt als Heinrichs. Der nahm das nicht so genau. Ich sagte viele Jahre später einmal: »Wenn du zum Beichten gehen würdest, wäre nur noch das Fundament der Kirche zu sehen.« Aber das nur nebenbei. Er hat dann auf meinen Rat gehört und ging dann doch nicht. Wegen Einsturzgefahr der Kirche. So ein Schlingel!

Heiligabend luden meine Eltern dann Heinrich zu uns nach Hause ein. Damit er nicht an Bord so alleine war. Ich habe mich riesig gefreut. Konnten sie ihn doch nun endlich einmal richtig kennenlernen. Sie mussten ihn einfach mögen.

Um 19.00 Uhr stand er dann in der Tür. Rote Wangen, verlegener Blick und eine große Tüte aus braunem Papier voll Apfelsinen (bekam jeder Soldat Heiligabend an Bord, der nicht nach Hause konnte) im Arm und freute sich, dass er bei uns war. Nach einigen Anlaufschwierigkeiten wurde eine lockere Unterhaltung daraus und Heinrich er-

zählte von seinem Zuhause. Zwar warf ich ihm schon ein paar Blicke zu, aber immer höflich, freundlich, nett, aber auch immer das Ziel verfolgend. Stichtag 19.01.1968. Es sollte zwar nicht wie ein Angriff aussehen, und meine Eltern waren so froh und glücklich, als sie uns beide so sahen. Sie freuten sich ganz einfach. Heinrich und ich sahen uns verliebt an. Wir hielten uns an den Händen und versuchten meinen Eltern irgendwie klarzumachen, dass ein wichtiges Ereignis bevorsteht.

Wir warteten nur noch auf eine kleine passende Gelegenheit. Aber jetzt!!

Mutti, Papa, wir wollen euch heute an Heiligabend etwas sagen (sie dachten sicherlich an eine Verlobung). Aber wir zäumten das Pferd von hinten auf.

»Es ist so«, sagte Heinrich, »Silke und ich wollen am 19.01.1968 heiraten. Also in gut 3 Wochen. Das Aufgebot haben wir auch schon bestellt.«

Ich werde den leeren Blick meiner Mutter nie vergessen.

Sie schien sich auf einem anderen Planeten zu befinden. In ihren Augen befanden sich jedenfalls einige Sterne. Vor ihren Augen lief wahrscheinlich gerade der Film »Dürfen kleine Mädchen heiraten, die vor kurzem noch Kniestrümpfe getragen haben?«.

Ob du's glaubst Mutti oder nicht, sie dürfen, wenn sie schon fast 19 Jahre sind. Mein Windelalter ist schon längst vorbei. Haben wir das langsam begriffen? Ich hatte sie sehr lieb, aber manchmal raubte sie mir den letzten Nerv. Heinrich war meinen Eltern nicht unsympathisch, aber jetzt war er ein Feind.

Meinem Vater hatte es die Sprache verschlagen. Meine Mutter versuchte erst gar nicht den aufzumachen, und das war schon ein Meisterstück. Heinrich ging zwischenzeitlich in Deckung. Er begriff gar nichts. Sie waren gerade noch so nett gewesen. Aber das hätte er nicht sagen dürfen. Oh du fröhliche!

Mein Vater fühlte ihm jetzt gehörig auf den Zahn.

Seine Charaktereigenschaften müssten doch wohl irgendwo ein paar Macken haben. Genau das wollte er jetzt mit allen Mittel herausbekommen. Er wird ihn einfach durchleuchten. Deswegen war auch das letzte Wort über die Hochzeit noch nicht gesprochen.

Es gab ja auch noch die »Glaubensfrage«.

»Kannst du mir mal sagen, wie du dir das alles vorstellst, Silke?«

Jetzt kamen meine Eltern mit der, na ich dachte es mir schon, Frage, »Würdest du vielleicht auch einmal daran denken, dass du evangelisch bist und Heinrich katholisch ist?«

Jetzt reicht's, sie dachten wohl nicht, dass ich meinen Heinrich nur des Glaubens wegen nicht heiraten würde. Na, das fehlt noch. Soweit kriegen meine Eltern mich nicht.

Außerdem hätte es mir auch nichts ausgemacht, den Glauben zu wechseln. Meine Mutter geriet in einen Redeschwall und das konnte dauern. Hauptsache, ich bekam Heinrich. Wenn es sein muss, auch umgetauft!

»Erstens, wer von euch beiden ist überhaupt auf diese Schnapsidee gekommen, so schnell zu heiraten? Du kannst nur Wasser kochen und lässt die gekochten Eier im Topf anbrennen. Na toll. Und du Heinrich, verwöhnt. Zwar verliebt bis über beide Ohren, aber schöne Frauen in fremden Ländern locken überall. Na ja, außerdem fehlt ja nur noch die Wohnung, und das Suchen danach kann ja auch Silke aufs Auge gedrückt werden. Sowas macht man gemeinsam!

Bei uns wäre das nicht passiert. Nicht Kurt?« Mein Vater verdrehte die Augen und nickte. Es könnte ja sein, dass sie nun endlich fertig

Sie saß doch noch gestern
im Sandkasten

war. Aber er irrte sich gewaltig. Wer meine Mutter kennt, weiß, bis sie mundtot zu kriegen ist, muss man einen langen Atem haben.

Also tief luftholen.

Übrigens, nach einem Schluck Sekt meinte sie mit hochgezogener Augenbraue etwas überheblich: »Ist euch der Januar nicht zu kalt? Frost, Schneematsch, Schneeregen, eisiger Wind und dann ist auch noch die Kirche kalt. Na ja, ein Dampfbad mit Kamillenblüten für Silke und eine Fahrt in die Karibik für Heinrich. Wer möchte da schon tauschen.

Und dann noch in so kurzer Zeit.« Das sagte sie sehr spitz: »Im Sommer ist es sowieso viel wärmer. Wegen des Krieges ging es ja leider bei mir und deinem Vater nicht. Aber ihr seid ja alt genug. Also Januar 1968.«

Ihre Augen bekamen langsam wieder die normale braune Augenfarbe und man sah, wie es in ihrem Kopf arbeitete.

Schlicht sie plante. Und was sie plante.

Gedanken, wie ihre Tochter als weiße Braut aus dem Haus kommt. Sonst gar nicht. Langsam leuchteten ihre Augen. Um Gottes Willen, ich ahnte nichts Gutes. Es war ihr Traum gewesen, in weiß zu heiraten. Damals ging es aber nicht. Krieg! Heinrich und ich wollten ganz anders heiraten. Aber wir wurden erst gar nicht gefragt. Meine Einwände wurden lautstark von ihr und meinem Vater förmlich überrollt. Schlicht, meine Mutter wollte ihren Traum verwirklichen. Nicht, dass ich es nicht verstanden hätte, aber jetzt war endgültig Schluss. Es wurde langsam dramatisch, da sie gut nähen konnte, hätte sie am liebsten schon ein Schnittmuster entworfen.

Hoffentlich kaufte sie nicht auch noch ohne mich den Schleier und suchte die Trauringe aus. Als ich daran dachte, dass ich auch noch weiße Stöckelschuhe tragen sollte, wurde mir schlecht. Turnschuhe sind weiß für mich und das reicht! Eines wusste ich jetzt schon, ich werde mir vorher silberne Farbe in einem Schuhgeschäft kaufen und sie schlichtweg einfärben. Hinten sollten sie Riemchen haben. Vorne sollte ein Teil meiner Zehen rausschauen. Einfach sexy. Später würde ich sie dann schwarz färben und hätte geile Schuhe für die Disco.

Wenn meine Eltern gewusst hätten, was so in meinem Kopf herumspukt, wäre ihnen die Spucke weggeblieben. Dann hätte es kräftig gehagelt, und ich hätte mich außerdem warm anziehen können. Also Stillschweigen.

Aber jetzt war kein Krieg, sondern erfreulicherweise Frieden. Außerdem schrieben wir bereits 1967. Dann mussten sie nur noch begreifen, dass es sich um Heinrichs und meine Hochzeit handelte.

Jetzt wurde uns klar, etwas lautstark zu sagen, wie wir uns unsere Hochzeit vorstellen. Aber das war furchtbar anstrengend, da ich keine weiße Hochzeit wollte und Heinrich auch nicht. Dieser ganze Hokuspokus. Nein, nichts zu machen.

Es sollte eine kleine Feier werden, Standesamt, Kostüm, Blumenstrauß von Heinrich, die Schwester Wilma, Schwager Alois, sein Vater, meine Mutti und Vati, mein Bruder Heinz, Jürgen mit Frau Marion und meine Freundin Monika, nebst Trauzeugen. Seine Mutti Rosel war krank und konnte leider nicht kommen.

Nach dem Standesamt schön essen gehen, zum Fotografen. Einmal grinsen. Fertig! Dann Kaffee und Kuchen von Coppenrath und Wiese (schmeckt sehr lecker), Eierlikör, zum Anstoßen Sekt und abends Kartoffelsalat mit Würstchen und Kochschinkenröllchen gefüllt mit Spargel. Dann Wein, Bier, Schnaps, Bowle oder Sekt. Dazwischen Käsespieker mit Mandarinen, Weintrauben und Oliven.

Die Augen meines Vaters hatten zwischenzeitlich wieder Normalgröße, und das Entsetzen meiner Eltern hatte sich etwas gelegt. Sie schienen sogar etwas entspannt. Ich freute mich, dass sie endlich unseren Vorschlag akzeptiert hatten. Von wegen. So ging es schon seit Tagen und die Zeit raste.

Plötzlich sagte meine Mutter wieder: »Da du ja erst 19 Jahre bist, brauchst du immerhin noch unsere Einwilligung.« Ach, da geht der Hase längs. »Es sei denn, du heiratest in Weiß, wie es sich gehört. Mit allem Drum und Dran. Auch Polterabend.« Oh Gott, nicht das auch noch.

Das wollen wir doch mal sehen. Ich hatte jetzt noch einen Trumpf im Ärmel. Wenn ich nicht heiraten kann, wie ich will, dann macht mir Heinrich eben ein Kind und damit ist die Angelegenheit dann erledigt.

»Oder wollt ihr etwa Oma und Opa eines unehelichen Enkelchens sein?«

Jetzt wurden die zwei aber bleich wie Bettlaken.

»Das werdet ihr uns nicht antun?«

«Oh doch!«

Kindermachen ist nicht nur schön und bringt Spaß, es kann auch ganz schnell gehen. Kommt drauf an, wie oft man übt.

Das war für die beiden zu viel.

Ich sah mich schon in einem weißen Tüllkleid, Spitzenrosette auf dem Kopf und dann diese ekeligen weißen Schuhe, einen erhabenen Blick – war ja schließlich ein großes Ereignis – und eine Körperhaltung – eine Körperhaltung, wie Maria Stuart sie wohl hatte, als sie zum Schafott geführt wurde.

Nur, sie bekam den Kopf ab! Meiner blieb drauf. Und so konnte ich alles weitere (was dann gar nicht so schlecht war) miterleben.

Ein Kind von Heinrich zu machen war wohl doch nicht so eine gute Idee. Das können wir immer noch.

Aber eines werde ich nicht, wie eine Primaballerina den sterbenden Schwan spielen. Mein Schleier sollte auch nur bis zur Schulter gehen. In Gedanken prangte schon in der Mitte von meinem Mittelscheitel eine Rosette. Niemals!
Meine Eltern waren sehr enttäuscht und unglaublich beleidigt.

Ich blieb hart. Weiße Hochzeit? NEIN! Jetzt kam die Wunderwaffe meiner Mutter. Sie setzte meine Freundin auf mich an, die mich weichklopfen und mir die Angelegenheit schmackhaft machen sollte.

Nachdem sie lange auf den Knien vor mir saß, hin und her rutschte, sich fast verbeugte, händeringend, bittend und mich anbettelte, hatte sie gewonnen. Sie versicherte, ich würde toll aussehen. Nun konnte sie wieder aufstehen und sich die Hornhaut von den Knien rubbeln. Was dann plötzlich mit meinem Vater passierte glich einer schauspielerischen Leistung. Auch meine Mutter traute dem Braten nicht ganz.

Aber sein ganzes Verhalten zeigte schon fast auf ein bevorstehendes Siechtum hin. Er lag wie apathisch auf dem Sofa, leicht gekrümmt, die Beine angezogen und in Seitenlage.

Um sein Gehör zu erreichen waren drei Anläufe nötig, und wenn man Glück hatte, bekam man doch tatsächlich eine Antwort.

Mutter: »Kurt, hast du Hunger? Möchtest du etwas essen?«
Stillschweigen.

Nachdem er wusste, dass ich heiraten würde, bekam er Herzrhythmusstörungen, Beklemmungen, Schweißausbrüche und grauenhafte Magenkrämpfe. Wenn er sich viel Mühe gab, schaffte er es sogar Schweißperlen auf die Stirn und über die Oberlippe zu bekommen.

Immer fragte ich ihn, denn er tat mir wirklich leid, was hast du denn? – Gestern ging es ihm schließlich noch gut.

»Ach Kind, wer weiß, was mit mir ist. Vielleicht erlebe ich deine Hochzeit ja gar nicht mehr.« Sein Gesichtsausdruck glich einem Weltschmerz.

Brautgespräch

Da lag also der Hypochonder, und er musste, ob er wollte oder nicht, sein kleines Mädchen in die Hände eines anderen Mannes übergeben.

Fast hatte er mich soweit, doch tatsächlich die Hochzeit zu verschieben.

Aber ich hatte seinen raffinierten Plan durchschaut. Wenn ich am 19.01.1968 nicht heirate und er mit meiner Mutter am 01.06.1968 beruflich für mehrere Jahre nach Meppen zieht, dann hätte er schon mal die Katze im Sack. Aber nicht mit mir. Abends war Brautgespräch und es würde eine nette, fröhliche Stunde werden. Dachte ich!

Wir tranken ein paar Schnäpschen, Sekt, Cola und Wasser. Dazu knabberten wir Salzstangen und Chips.

Es wurde viel gelacht, und man amüsierte sich schon schadenfroh darüber, ob ich mich mit dem langen Hochzeitskleid königlich zum Altar bewege, oder ob ich schon wegen meinen unmöglichen Stolperaktionen die erste Stufe der Fußbodenkirche küssen würde.

Aber den Gefallen würde ich ihnen nicht gönnen. Dafür hatte ich schon auf Anleitung meiner Mutter, die ständig an dem Kleid herumzupfte und den wachsamen Augen meiner Freundin Monika, das Gehen oder viel mehr, das Schreiten in der Stube auf und ab geübt. Davon hatten sie aber keine Ahnung.

Während dieser ganzen feuchtfröhlichen »Besprechung« bekam Heinrich immer mehr einen leichten Silberblick und verließ nicht gerade leichtfüßig die Stube. Wohin? Ich saß die ganze Zeit neben meinem Vater auf dem Sofa, und er hatte mit einem Klammergriff meine Hand umschlossen.

Die Finger liefen schon langsam blau an, aber ich ließ sie da, wo sie waren.

Plötzlich stürmte etwas durch die Stubentür Richtung Sessel.

Genau neben meiner Mutter. Ja, was und vor allem wer war das? Heinrich!

Er hatte eine Art Schlafanzug angezogen, indem er wie ein Sträfling aussah. Stramm und blau wie eine Strandkanone, mit einer Mordsfahne.

Mein Vater sah ihn unerbitterlich an, mein Bruder vergaß das Atmen, und die anderen dachten wohl, sie seien auf einer falschen Feier.

Heinrichs Augen traten fast ein wenig aus den Augenhöhlen, aber verliebt hat er mich immer noch angesehen. Ja, er war wohl doch sehr glücklich.

Mein Vater war es nicht!

»Ich will dir mal was sagen, Kind«, flüsterte er mir ins Ohr. »Du musst ihn ja nicht heiraten. Und wenn du willst, schmeiß ich ihn auch sofort wieder raus.«

Ich dachte nur. Und wie geht's jetzt weiter?

»Ja, weißt du«, sprach er, »komm doch mit nach Meppen. Wir richten dir ein ganz tolles Zimmer ein, und die haben da auch eine super Fußballmannschaft. Der Torwart ist einsame Spitze. Da kommt so manch keiner ran.«

Aha, daher weht der Wind.

Mein Heinrich war nämlich auch Torwart, und er hatte sogar früher in der Bayernjugend gespielt. Er war, und das wussten alle, ein sehr begabter Torwart.

Tja Papa, der Schuss ging aber gründlich daneben.

»Ja, aber noch etwas muss ich dir sagen (-nein, nicht noch mehr-), die Männer in Meppen sehen einfach klasse aus. Weißt du, in Haselünne, nicht weit weg von Meppen, genau neben der Kirche, ist eine Kneipe und den Wirt, den musst du mal sehen. Ein Pfundskerl! So an die 28 Jahre, männlich und jetzt kommt's: Nicht verheiratet!

Der mag mich und deine Mutter sehr gerne, und wenn wir mal da sind, dann gibt's erst immer mal einen Lütten – Schnaps –.«

Also eine Kirche, wo das Gesangbuch einen Henkel hat. Prima, dachte ich.
Jetzt reicht's!
Die eingetretene Stille in unserer Stube verging langsam und einige dachten, es könnte ja auch nur ein Scherz gewesen sein.
Heinrich hatte von alledem wohl nichts mitbekommen, aber bei den Blicken meiner Mutter hätte mein Vater eigentlich tot umfallen müssen.

Bevor ich nun mit Heinrich in den berühmten Stand der Ehe eintreten sollte (da man ja bekanntlich nach 7 Jahren wieder geschieden wurde, man nennt sowas heute Lebensabschnittsgefährte), musste ich erst einmal mit schlotternden Knien den Zug nach Bayern, zu den Weißwurstessern, besteigen.

Bloß nicht zu aufgedonnert, keine roten Fingernägel, möglichst nicht rauchen und selbstverständlich bei der zukünftigen Schwiegermutter eine gute Figur machen. Blitzschnell zum Geschirrtuch greifen und mich auch unaufgefordert am Haushalt beteiligen. Mir war unglaublich schlecht, und die Zugfahrt hätte von mir aus bis nach New York gehen können. Ich wäre dann zwar einige Male an Amorbach vorbeigefahren, aber aussteigen bräuchte ich wenigstens nicht.

Ein kleines Fläschchen Jägermeister hatte ich mir, ohne dass Heinrich oder meine Eltern etwas davon wussten, in meine Handtasche gesteckt. Dazu Pfefferminzbonbons, Kaugummi, Zahnbürste und Zahnpasta. So konnte ich mich während der 8-stündigen Zugfahrt aufs Klo schleichen und mir erst einmal einen »Kleinen« genehmigen.

Irgendwie fühlte ich mich gleich besser, wie schon lange nicht mehr. Von wegen!

Heinrich meinte, dass wir gleich da wären und dann auch noch in den Blumenladen, zu dem übrigens die ganze Familie geht, müssten, um einen Strauß Blumen zu kaufen.

Jetzt wird es ernst, aber einen Jägermeister hatte ich nicht mehr. War wohl auch besser so. Bei einer eventuellen Umarmung hätte ich mir mit Sicherheit gleich einen schrägen Blick eingefangen. Nach dem Motto, »die passt nicht zu uns«.

Amorbach, kleiner Bahnhof, schöne Barockkirche, komischer Dialekt und dann standen wir auch schon vor dem besagten Blumenladen. Heinrich suchte Blumen aus, die meiner zukünftigen Schwiegermutter mit Sicherheit gefallen würden. Wenn nicht, dachte ich, hätte sie eben Pech gehabt. Aber Heinrich kannte ja ihren Geschmack.

Mit dem Taxi ging es dann zu dem recht abgelegenen Haus am Waldrand. Durch einen Bogen, an dem im Sommer sicher Rosen rankten, jetzt sah er ziemlich mickrig aus, ging es fünf ausgetretene Stufen hoch.

Die Haustür war schon auf. Oben drüber stand Caspar, Melchor und Baltasar mit Kreide geschrieben, und darunter blickte mich ein großer Mann mit Schlapphut aus dicken Brillengläsern an. Seine grauen Wollsocken waren bis zur Wade über die Hosenbeine gezogen und an seinen Füßen trug er dunkelbraune, dicke Halbschuhe.

Also Angst flößte er mir nicht ein, sondern sein verschmitztes Lächeln ließ mein Herz nicht mehr in die Hose fallen. Ich konnte es noch rechtzeitig auffangen.

Was er dann machte, haute mich aus den Socken. Er breitete seine Arme aus und weil er so groß und auch gut beleibt war, verschwand ich total. Ich stellte mir vor, dass Heinrich hinter mir wohl nur noch meine Absätze sehen konnte.

»Schön Mädle, dass du endlich da bist!«, sagte er. Ich war platt. Das hatte ich nicht erwartet. Ich glaube, ich hätte eine dicke Warze auf meiner Nase haben können, schielen, Pickel und auch eine Riesenzahnlücke, all dies hätte seine Freundlichkeit nicht gemildert.

Meine Schwiegermutter, die wollte sich ja nach einer Inspektion erst einmal davon überzeugen, ob ich überhaupt mit ihr auskam und etwas vom Haushalt verstand. Sie war so klein und schmächtig, dass ich sie einfach übersah.

»Kommt doch rein«, meinte mein zukünftiger Schwiegervater, den ich bereits sehr mochte, aber ich stand schon bereits in der Küche und wurde von zwei zusammengekniffenen Augen und einem Rundgang um mich begutachtet. Gesagt hat sie nicht viel. »Nun hängt doch eure Mäntel auf.« Sie bedankte sich für die Blumen, die in einer Vase neben der »Mutter Gottes« ihren Platz fanden. Sie sprach leise und ich merkte ihre Schüchternheit.

Dann ging es ans Essen. Heinrich wollte sich gleich den Bauch mit Schwaddemagen, Rotwurst, Fleischwurst, Gewürzgurken, Allgäuer Käse und Salami vollschlagen. Ach ja, Ripple gab es auch noch, ein Laib Brot, Brezel und eine Tube Senf.

Ich hatte Hunger, so dass mir mein Magen in den Kniekehlen hing, aber ging dann gut erzogen, wie ich nun mal war, natürlich auch um einen guten Eindruck zu machen, ins Bad und wusch mir wenigstens die Hände. In der Küche mit dem großen Holztisch war an einer Wand ein Blumentopf mit einem Weingewächs angebracht. Ausgerechnet musste ich mich, zum Glück war ich damals noch schlank, auf eine kleine Bank zwängen. Mehr Platz gab es nicht.

Die Ranken des Weingewächses hingen mir im Kragen, eine über mein rechtes Ohr, viel bewegen war nicht drin, aber ich versuchte freundlich zu lächeln. So nach dem Motto, das macht doch nichts. Das ist nicht schlimm.

Ich hörte mich sagen, warum ich das tat, weiß ich bis heute nicht mehr, »das ich aber ein schönes Gewächs und auf der Bank habe ich auch genug Platz.« Heinrich neben mir lächelte wohlwollend und auch seine Eltern fanden mich vielleicht doch ganz nett. Allerdings war mir der Appetit plötzlich vergangen, und ich stand schon in den Startlöchern, um den Küchentisch abzuräumen, natürlich abzuwaschen und abzutrocknen, das versteht sich ja schon von selbst und Heinrich setzte sich mit seinem Vater, nachdem er endlich satt war, in die Stube. Die gute Stube sah ich erst später. Sie wurde nur für besondere Anlässe genutzt und war frei von jeglichen Staubkörnchen.

Meine zukünftige Schwiegermutter betrachtete mich beim Abwaschen immer aus ihren kleinen zusammengekniffenen Augen. Ob ich die Teller auch heiß vorher abwasche und zum Schluss noch einmal heißes Wasser drüber laufen lasse. Aber selbstverständlich. Das ist doch eine meiner leichtesten Übungen. Jedenfalls schien sie zufrieden mit mir zu sein und wir gingen zu Vater und Sohn, der viel von seiner Seefahrt mit dem Zerstörer »Schleswig-Holstein« zu erzählen hatte. Ich hatte Sendepause und Schwiegermutter schälte (wie später auch immer) einen Apfel.

Als sie mir ein Stückchen reichte, wusste ich, dass meine Bemühungen nicht ganz nutzlos waren.

Die Flasche Wein aus dem Keller war auch nicht zu verachten. Heinrich und ich tranken später noch eine.

Natürlich bekam ich ein eigenes Zimmer, und Heinrich musste auf dem Klappsofa im Gästezimmer sein müdes und etwas angesäuseltes Haupt niederlegen.

Feuertaufe bestanden.

Schwiegermutter und Schwiegervater gaben mir sogar einen »Gute-Nacht-Kuss«.

Der nächste Tag war dann »der Tag der Verlobung«.

Nach dem Frühstück, mit einem kleinen Blatt von dem Weinlaub im Kragen, bewegten wir uns in Richtung Amorbach.

Es stand der Kauf der Verlobungsringe an, und das gestaltete sich schwieriger als erwartet. Ich hatte schon keine Lust mehr. Alle naselang begrüßte Heinrich mal den einen oder anderen und musste natürlich was über die Seefahrt lang und breit erzählen. Er fühlte sich echt wie ein riesiger Hecht, dem man, wenn man ihm alles glauben wollte, ohne mit der Wimper zu zucken abgenommen hätte. »Ach »DER« hat also Amerika entdeckt.«

Wie ich später merkte, schien jeder Marinesoldat als »Erster« Amerika entdeckt zu haben, vom Matrosen, bis zu den Kommandanten nahm sich keiner aus. Aber hinter diese Erkenntnis zu kommen, brauchte ich ein paar Jahre.

Mein Schwiegervater hatte in der Nacht vorher beim Schlafen sicherlich zwei »Zerstörer« vor Augen und befand sich auf hoher See. Seine Ohren hatten ja nichts anderes gehört.

Nun aber wieder zu Amorbach. Man wusste ja nun, dass ich aus dem hohen Norden kam, und so hatte ich auch gleich den Namen »Nordseekrabbe« weg.

Was wollt ich eigentlich hier? Wie lange bleibt ihr denn? Ach, wir brauchen noch ein paar Verlobungsringe, wir wollen uns heute Abend verloben. Meine Eltern sind damit einverstanden, und dass ich katholisch bin und Silke evangelisch, ist auch kein Hindernis. (Das hätte noch gefehlt. Der nächste Zug wäre meiner gewesen). So wäre das Thema auch erledigt. In Amorbach!

Heinrich hatte in der Zwischenzeit gehört, dass uns seine frühere Freundin Liane im Blumenladen gesehen hat.

Vielmehr, sie hatte »ihn« gesehen. Ich schwebte wahrscheinlich im Laden in irgendeiner Luftblase herum. Ich musste wohl die Form eines Gänseblümchens angenommen haben, dass sie so tat, als sei ich gar nicht vorhanden.

Am liebsten hätte ich ihr das aufdringliche Grinsen, Heinrich hatte schon kleine Sternchen in den Augen, mit einem Kaktus, der an meiner Fußspitze stand, so in den Hintern getreten, dass es gar nicht mehr zu dem Gesäusel »man sieht sich« gekommen wäre. Und dann auch noch das Augenzwinkern. Warum ist ihr nicht gleich das obere Augenlid am unteren klebengeblieben?

Aber nun zu den Verlobungsringen. Es hat zwar etwas gedauert, aber die Hauptsache, sie passten und waren auch nicht so auffällig. Sie sahen wirklich schlicht, aber sehr schön aus, Auf dem Heimweg begegnete uns noch ein kleines gebeugtes Mütterchen. (Besen hätte besser zu ihr gepasst), wie ich später noch feststellen musste.

»Ach das Kupferdächle«, so nannte man Heinrich, als er klein war und noch rote Haare hatte. Zum Glück hatte er jetzt dunklere Haare mit schönen Locken. »Bist du auch mal wieder hier? Ich habe schon gehört.« Dabei schob sie ihr Kopftuch hinter das rechte Ohr, ich ging davon aus, dass sie links taub war. »Du feierst heute Verlobung?« Danach zog sie ihre Mundwinkel etwas verächtlich herunter. Dabei sah ich so schlecht auch wieder nicht aus.

Ihr Kommentar lautete schließlich: »Ja ja, Amorbach hat auch schöne Mädle, das hast du wohl vergessen, oder musste es unbedingt eine aus dem Norden sein?

Na, du musst es ja wissen. Dabei war die Liane so ein sauberes und hübsches Mädle. Und nett war sie auch.«

So, jetzt reicht es. Noch ein Wort mehr und ich wäre ihr an den alten, faltigen Hals gesprungen. Diese falsche Ziege. Ich fühlte mich wie ein Flötenkessel. Ich hatte das Gefühl, dass mir jeden Moment der Stöpsel unter Dampf hochfliegen würde. Hoffentlich konnte sie dann noch rechtzeitig in Deckung gehen.

Also Liane hin, Liane her. Jetzt bin ich da. Vielleicht schnallt man das mal in diesem kleinen Nest. Mein Adrenalinspiegel senkte sich langsam, und ich freute mich auf den heutigen Abend und Heinrichs Eltern. Seine Mutter hatte ihren berühmten Apfelkuchen gebacken für den nächsten Nachmittag, wenn dann noch seine fünf Geschwister mit Frauen zur Fleischbeschau kamen.

In der guten Stube hatte sie bereits den Stubentisch mit einer weißen Damastdecke und ihrem besten Geschirr mit Goldrand gedeckt und vier Weingläser dazugestellt. Kerzen fehlten natürlich auch nicht.

Zwischendurch rief dann auch noch, was für eine Frechheit, Liane an, um Heinrich zum Tanzen einzuladen. Das war aber jetzt meiner zukünftigen Schwiegermutter zu viel und sie antwortete, was ich ihr gar nicht zugetraut hatte, recht schnippisch: »Er kann nicht, wir feiern nämlich heute Abend seine Verlobung mit Silke.« Dann warf sie förmlich den Hörer auf. Respekt.

Aus der Küche roch es bereits gut und mein Magen freute sich schon. Es gab ihre ebenso berühmten Hendl mit Spezialmischung. Hoffentlich brauchten die nicht mehr so lange.

Es waren zwei ganze, also für jeden ein halbes. Wenn ein halbes Hendl nicht zu klein war, würde es ja für mich reichen. Aber

Schwiegermutter hatte ja auch noch einen großen gusseisernen Tiegel auf ihrem anderen Ofen. Das waren ja noch Dampfnudeln. Die schmecken ja auch nicht schlecht. Ob nun zehn oder neun macht ja auch keinen Unterschied. Schiebe ich die anderen eben ein bisschen hin und her und dann fällt das gar nicht auf. Aber erst einmal abwarten.

Jetzt kam langsam die schwierige Frage, was ziehe ich an. Aha, nicht zu auffällig, aber doch ein bisschen großstädtisch. Schließlich hatte Wilhelmshaven mehr Einwohner, und Landeier liefen da auch nicht viele herum. Die Bauernhöfe befanden sich ja schließlich außerhalb der Stadt.

Also, ein wenig auftragen konnte ich schon. Ich hatte ja nicht alles umsonst mitgeschleppt. Eine gewisse Auswahl hatte ich schon mit dabei. Man muss sich ja schließlich anpassen, jedenfalls beim ersten Mal. Der selbstgehäkelte hellblaue Pullover, tiefer Rückenausschnitt, von Silberfäden durchzogen und dass ich darunter keinen BH anziehen musste, meine Brüste waren damals noch recht klein, machte den Kohl jetzt auch nicht mehr fett. Außerdem war er so eng gehäkelt, dass sich ein Nippel niemals durchbohren hätte können. Wenn ich mich dann auch noch aufrecht hinsetzte, konnte der Pullover auch nicht von den Schultern fallen.

Diese Katastrophe musste ich unbedingt vermeiden. Aber wenn ich wollte, hatte ich eine einmalige Haltung. Nun der schwarze Rock. Eng, aber immerhin bis zu den Knien reichend. Also kein Mini. Ich wollte es ja nicht übertreiben. Dann schielten mir schon meine schwarzen Riemchenpumps entgegen.

Ohne Farbtopf ging natürlich gar nichts. Wie man damit umgeht, hatte ich ja in einem Kosmetikkursus im Friseursalon gelernt. Weniger ist mehr. Erst Make-up, dann etwas hellblauen Lidschatten, passte einfach affengeil zu meinen großen blauen Augen. Darüber ein feiner schwarzer Lidstrich, und die schwarz getuschten Wimpern wurden mit einer Wimpernzange noch oben gebogen. Meine Augen waren der Knaller. Die mussten auch meine Schwiegereltern aus den Socken hauen, und warum sich Heinrich in mich verliebt hatte, war ja wohl keine Frage mehr. Etwas Puder, ein wenig Lippenstift, denn nur meine Augen sollten sprechen mit einem schüchternen Augenaufschlag und sehr verlegen. Der Hauch von Lippenstift auf den Wangen verlieh meinem blassen Gesicht etwas frische Landluft. Ich sah richtig gesund aus. Auch wenn ich am liebsten umgefallen wäre vor lauter Aufregung.

Die Haare mit einer Spange (war schon mein Markenzeichen) mit Strasssteine auf Kinnlänge nach innen gerollt und mit etwas Haarspray übersprüht. Fertig! Liane wäre geplatzt. Schade, dass sie mich so nicht sehen konnte.

Ich schritt förmlich mit meinen Pumps die knarrende Treppe herunter, und versuchte nicht in der Kurve mit meinem Hintern so die letzte Stufe bis auf den Boden zu erreichen. Also langsam und ab in die gute Stube. Ich ging immer dem Geruch nach. Undefinierbar, etwas streng, dann einen Hauch von Maiglöckchen bis Tabakduft. Es war schließlich alles drin. Es konnte vor mir nur noch Heinrich die Treppe runter gegangen sein. Na dann Prost.

Und dann sah ich ihn. Weißes Hemd, Schlips, Blazer in grau, gebügelte Hose in dunkelgrau, passende Socken in schwarz und geputzte Schuhe. Hoffentlich hatte er die Verlobungsringe dabei.

Rausgeputzt hatten sich auch meine Schwiegereltern. Sie waren einfache Leute und sahen richtig knuffig aus. Ich wusste, dass Opa (so

nannte man ihn, es war sein Kosename) eine Rede halten wollte. Aber das gebratene halbe Hendl auf meinem Teller sprang mir geradezu ins Auge. Oma, auch ein Kosename, nahm das Glas Wein hoch und wünschte uns einen guten Appetit. Endlich! Sonst wäre ich auch bald umgefallen.

Das Hendl schmeckte prima und das Fett lief mir am Kinn herunter. Aber wozu gibt es Servietten. Dann wieder einen großen Schluck Wein. Perfekt! Meine Aufregung war verflogen.

Danach räumte Oma, sie hatte extra ihre neue Schürze für uns umgebunden, die Teller in die Küche. Ich sollte sitzen bleiben. Wir haben sie alle sehr gelobt. Die Freude war ihr anzumerken. Was ich mir nie gedacht hätte, mein Outfit wurde besonders von Schwiegermutter sehr gelobt. Besonders, weil ich es selber gemacht hatte. Nicht einmal der tiefe Rückenausschnitt störte sie. Tja, wenn man eine so tolle Haut hat wie ich (und es gab ja viele mit Pickeln), kann man sich das eben leisten. Sie wurde mir immer sympathischer.

Schließlich fragte sie mich, wie ich denn die Markklößchen mache. Ob ich zu Weihnachten auch Springerle backe und einen Weihnachtsstollen. Mir schwoll langsam der Hals an. Na, was wollte sie nun noch alles wissen. Vielleicht, ob ich Wasser kochen kann, oder wie man Kartoffeln abgießt. Oder wo der Staubsauger seinen Schlauch hat. Ob ich mit oder ohne Beutel sauge. Das wäre der Höhepunkt gewesen. Beim Frühjahrsputz mache ich auch noch die Teppiche, und zwar so, wie es sich gehört. Über die Teppichstange und ausklopfen. Was eine Flädlesuppe ist und wie man einen Kirschenmichl macht.
Ja, den Haushalt muss man schon machen können. Das ist die Aufgabe der Frauensleute. In meinem Kopf pumpte es nur noch. Das war also nach der Verlobung so ein harmloses Gespräch von Frau zu Frau. Na, die hat Nerven.

Ein paar Flecken auf dem weißen Tischtuch machten der feierlichen Stunde keinen Abbruch, und Opa wurde langsam unruhig. Oma musste erst noch Kerzen anzünden und Salzstangen in einem Glas auf den Tisch stellen. Außerdem standen die Blumen, die sie extra besorgt hatte, nicht genau in der Tischmitte.

Ich bekam langsam nicht nur feuchte Hände, sonder auch Schmacht auf eine Zigarette. Dann hätte ich gerne einen Schluck Wein genommen. Vielleicht würde sich damit das Stück Hendlfleisch aus meiner Zahnlücke lösen, die allerdings nicht besonders groß war.

Nun stand Opa auf und strahlte Heinrich und mich an. Er sagte, wie glücklich er und Oma doch seien, dass wir uns gefunden hätten und dann auch noch, was das Aussehen betraf, gut zusammenpassen. Es kamen die üblichen Glückwünsche und der Stiel von meinem Weinglas, welches ich die ganze Zeit mit einem Lächeln im Gesicht in der Hand festhielt, kam ins Glitschen.

Ich wollte doch nur einen Schluck, einen einzigen, kleinen Schluck Wein trinken. Meine Zunge klebte mir schon so am Gaumen fest, dass ich dachte, sie kommt mir jeden Moment durch die Schädeldecke. Dann erhob auch Oma mit glänzenden Augen ihr Weinglas, und endlich stießen wir miteinander an. Opas Rede war sehr schön und passte genau ins Leben.

So jetzt, die Gläser waren noch halb oben, keinen gierigen Schluck nehmen, nur nippen. Nippen! Was war das denn? Jetzt stand Heinrich auf und bedankte sich bei seinem Vater für die persönliche Rede auf unserer Verlobung. Es ging ihm schon ganz nahe, und auch ich war nicht ganz unberührt.

Schon wieder hob er das Glas Wein, nickte und dann endlich kam ein großer Schluck. Der Klang der Gläser war einfach wunderbar.

Ich hätte ihm die Füße küssen können. Mir ging der Schluck runter wie Öl.

Die Ringe, wo waren die jetzt? Der entscheidende Moment.

Langsam holte Heinrich das kleine weinrote Samtkästchen aus dem Blazer. Und da waren sie.

Wir vier standen. Oma und Opa wieder mit dem Weinglas in der Hand. Dann steckte erst Heinrich mir den Ring an und dann ich ihm. Da mein Ringfinger so verschwitzt war, flutschte der Ring mir so vom Finger.

Jetzt gab es ein Küsschen. Oma, Opa, Heinrich und ich. Wir prosteten uns zu und ich hätte am liebsten in meine Handtasche gebissen, weil ich ja von meinen Zigaretten wusste. Na ja, die Gelegenheit wird sich ja wohl noch ergeben. Und draußen vor der Haustür habe ich mir dann bei minus 10°C den Hintern abgefroren. Aber die Zigarette hatte unglaublich gut geschmeckt.

»Mädle, du warst aber lange auf dem Klo.« »Ja, wenn ich aufgeregt bin, ist das eben so.«, antwortete ich. Heinrich hatte etwas später dieselbe Idee. Ob er auch Verstopfungen hatte, interessierte keinen.

Jetzt gab es für mich noch ein großes Problem. Wie sollte ich meine liebe, neue Schwiegermutter nun nennen? Rosa, nein! Genovefa auch nicht! Aber Mutti? Ich war mir vollkommen im Unklaren. Obwohl, sie war mir immer sympathischer mit der Zeit geworden. Und wir hatten uns auch schon nett unterhalten. In der Zwischenzeit hatte ich auch erkannt, dass sie sehr liebevolle Augen hatte, die Güte ausstrahlten.

Mein Schwiegervater war da mehr ein liebenswürdiger Haudegen. Den drückte man einfach so an sich. Bei ihm verspürte ich keine Hemmungen. Meine Schwiegermutter hatte schon längst gemerkt, dass ich noch sehr unsicher war. Besonders, als ich am nächsten Morgen zu ihr sagte: »He, wo ist denn der Staubsauger?« oder »He, wo gehören denn die Töpfe hin?«. Und so ging das die ganze Zeit weiter.

In der Küche blieb sie dann vor mir stehen. Ihr Kopf reichte mir gerade bis zur Schulter. Dann nahm sie mit beiden Händen mein Gesicht und gab mir einen Kuss mit gespitzten Lippen auf meinen Mund. Dann lächelte sie mich aus sehr liebevollen Augen an und sagte: »Ich verstehe dich. Sag doch einfach Mutti zu mir.« Sie wusste also, was mich die ganze Zeit bedrückt hatte.
Ich nahm sie in den Arm und von da an hatten wir, wenn wir uns zweimal im Jahr sahen, eine schöne Zeit. Ich machte ihr die Haare und sie hübsch, wenn es sonntags zum Essen ging.
Heimfahrt! Weinprobe!
Mittags ging es dann bepackt mit vier Flaschen Wein (Bocksbeutel – Volkacher-Kirchberg – macht übrigens keinen dicken Kopf) und Grüße für meine Eltern und etwas Geld, damit wir beide davon essen gehen konnten, nach Wilhelmshaven.

Die Konfessionsfrage löste meine Schwiegermutter. Ihr heiratet evangelisch, wie die Mutter. So soll es sein. Immer wenn wir in Amorbach waren, habe ich nie den sonntäglichen Gang zur Messe verpasst. Es war immer wieder sehr schön.

Heinrichs fünf Geschwister, die ich auch noch kennenlernte, waren alle prima drauf. Aber die kleine Französin, die Ehefrau eines Bruders, gefiel mir besonders. Sie lachte genau so gerne wie ich, hatte einen mannheimer Dialekt mit französischem Akzent, rote Fingernägel, und ich dankte ihr, als sie mir nach langer Schmachtzeit eine Zigarette anbot. Na also, geht doch. Geraucht wurde allerdings nur draußen. Wenn es weiter nichts war. Damals hatte ich die Lungenzüge genossen. Meine andere Schwägerin, Anneliese, war der reinste Lachsack. Sie war unglaublich nett.

Dass unsere Verlobung übrigens bei den Schwiegereltern gefeiert wurde und unsere Hochzeit bei uns, war schon lange klar. Jetzt ging es ab nach Wilhelmshaven.

Dieser Abend verlief typisch norddeutsch – Korn und Bier –. Der mitgebrachte Wein blieb erst einmal in unserem Keller.

Später gelang es mir sogar, trotz vier Söhne, die auch alle verheiratet waren, die Lieblingsschwiegertochter zu werden. Fand Opa!

Eine Weinprobe mit meinem Schwiegervater. Ich fand es toll, dass ich mitdurfte. Ein paar ältere Männer, Schlachter, Müller, Forellenzüchter und Bäckermeister, begrüßten die »Nordseekrabbe Silke« zur Weinprobe. Mensch, waren die Weinproben süffig und so hieß es, nicht viel schnacken, »Kopp in Nacken«. Da ich schon langsam Schlagseite zeigte und es bereits Mittagszeit, 12.00 Uhr war, hakte mein Schwiegervater mich unter, und ich lief in Querlage zu Schwiegermutter. Die Tür ging auf und sie sagte bei meinem Anblick: »Mädle, du bist ja bsoffe!« Dann packte sich mich gleich ins Bett. Einen Eimer davor, Taschentücher und eine Aspirin: Tür zu und gute Nacht! Es war mittags, 12.30 Uhr. An diesem Tag stand ich nicht mehr auf. Es war auch meine letzte Weinprobe. Nie mehr!

Später war ich für ihren Einsatz und ihre Ausdauer sehr dankbar.

Zu Hause.

Ich probierte nun das Hochzeitskleid an, welches wir kurz darauf, meine Mutter und ich, gekauft hatten samt Schleier. Die zauberhafte Spitze des Schleiers, die auslaufende Spitze am Ärmel, bis zum Mittelfinger. Und dann noch die passende Spitze des Brautkleides unter der Brust zusammengefasst über weißer Seide, mit langer Schleppe. Es war ein Traum. Ich hätte mich sogar selbst geheiratet.

Jetzt ging es an die Herrichtung des Polterabends. Es gab viel zu schleppen. Nur mit der Arbeitseinteilung wurde es etwas schwierig.

Das Schlafzimmer kam zuerst dran. Die Betten wurden auseinandergenommen. Die Matratzen konnte man ja, weil sie biegsam waren, recht gut handhaben. Mit Hilfe von Horst, Alouis, Willi, Heinrich und Jürgen, bog man sie mit vereinten Kräften Stück für Stück bis in den dritten Stock, wo sich der Dachboden und die Waschküche befanden.

Schließlich folgten die Lattenroste und die drei Musketiere hätten wahrlich ihre Freude gehabt. Alouis schaffte es zu einer leichten Verankerung im unteren Teil des Treppengeländers. Allerdings hatte er Horst übersehen. Der klemmte zwischen Lattenrost und Treppenhauswand fest. Eigentlich wollte er nur Hilfestellung geben. Da er aber sehr schmächtig war, fiel es gar nicht auf, dass man ihn vermisste. Kurzerhand klappte man die Lattenroste etwas nach vorn, und Horst konnte sich seitlich links elegant herausfallen lassen. Bis auf ein kleines Muster vom Lattenrost sah er noch ganz passabel aus.
 Seine Frau Sophie nahm ihn dankbar in die Arme. Horst fiel aus. Heinz sprang ein.

Der Lattenrost lag endlich im Trockenraum. Die Matratzen um den Wäschebottich, die Bretter vom Bettgestell am Waschraumfenster zwischen Staubfäden, Spinnennetzen und kleinen vertrockneten Fliegen. Hauptsache, sie fielen nicht um. Der einzige Gegenstand an der Wand war ein kleines Farbfoto meines Bruders Jürgen. Er muss so ungefähr sechs Jahre alt gewesen sein und das Foto war wirklich süß. Somit konnte es hängen bleiben im Schlafzimmer.

Nun wurde erst einmal eine Pause gemacht und die ersten Biere zischten. Lange wurde aber nicht pausiert. Dann ging es in die Stube. Zum Glück konnten Sofa, Sessel, Tisch und Sideboard stehen bleiben. Zum Glück. Auch der Teppich blieb an seinem Platz. Vier Nachbarinnen tummelten sich bereits in der Küche und rannten sich im Schweiße ihres Angesichts auf den paar Quadratmetern gegenseitig die Füße heiß und einen Wolf am Hintern.

Auch an meinem Polterabend, unter dem ich mir nun noch gar nichts vorstellen konnte, habe ich doch tatsächlich noch bis um 13.00 Uhr gearbeitet. Meine Eltern hatten sich von ihren Matratzen, ich denke mit einigen verschobenen Rückenwirbeln, in die Küche begeben, um ein, früher nannte man es »Frühstück«, zu bereiten. Ein Pott Tee, ein Schälchen mit Kandiszucker, ohne Kandis ist es auch kein richtiger ostfriesischer Teegenuss. Wenn man es dann noch ganz richtig machen will, kommt erst der Kluntje (Kandis) in die Tasse und dann der heiße Tee darüber. Die Kluntjespitze sollte möglichst noch herausragen. Aus dem Kännchen mit der Kaffeesahne gab man dann mit einem kleinen Sahneschöpflöffelchen einige Tropfen in den Tee rund um den Kluntje. Jetzt passierte etwas ganz Tolles. Aus den Sahnetröpfen stiegen vom Tassengrund kleine weiße Wölkchen auf. Es war jedes Mal ein anderes Bild. Der Tee wurde nie umgerührt. Und der kleine Teelöffel, der am Tassenrand lag, diente dazu, ihn quer über die Tasse zu legen, wenn man keinen Tee mehr haben wollte. Außerdem befand sich immer nur so viel Tee in den hauchdünnen, meist blauweißen Tassen, dass man ihn in drei Schlucken trinken konnte. Bot man übrigens einem Besuch nach spätestens zehn Minuten keinen Tee an, wusste dieser, dass er nicht willkommen war. Und ein paar andere Dinge wurden beim Tee zubereiten auch noch beachtet, aber das würde jetzt zu weit führen.

Das war eine kleine Lehrstunde, wie man in Ostfriesland richtig Tee zelebriert.

Auf zum Standesamt "Oh, freu"

Für all diesen Tüddelkram hatten wir aber an dem Morgen keine Zeit.

Teepott auf den Tisch, Butter auf die Untertasse dazugestellt, wo die Butterglocke war, schien im Moment niemanden zu interessieren. Brot, Marmelade und Käse hatten auch schon ihren Platz gefunden. Fertig!

Kluntje war jetzt nicht unbedingt ein Muss, es konnte auch Zucker oder Süßstoff genommen werden. Dosenmilch rein. Meistens hatte die Dose zwei Löcher, die sich gegenüberlagen, damit die Milch schneller lief. Als Kind war diese Methode für mich von großem Vorteil, da sie von ganz alleine in den offenen Mund lief, und ich brauchte nur zu schlucken. Mit der Zunge leckte ich mir anschließend den Mund ab, was mir aber nicht immer richtig gelang. Ach ja, wie lange war das schon her. Heute hatte ich mir das Trinken aus der Dosenmilchdose abgewöhnt. Nachdem mir meine Mutter ein paar hinter die Ohren gehauen hatte. Ich konnte es nämlich auch nicht lassen, wenn wir zu Besuch irgendwo eingeladen waren. Da war der Tee noch nicht in der Tasse und die Dosenmilch war leer.

Aber jetzt weiter. Zwischen waschen, frühstücken und schminken, anziehen und gute Laune haben, musste ich jetzt auch noch mit unserem Hund Teddy gassigehen. Warum eigentlich immer ich? Komm, Silke mach weiter und immer schön lächeln.

Meine Mutter hatte schon wieder glühende Ohren und Schweißperlen auf der Stirn. Mein Vater zog wieder einmal seine Socken verkehrt rum an und beim Rasieren hatte er sich auch noch ins Ohr geschnitten. Jetzt klebte ein Stück Klopapier am Ohr. Nicht nur meine Mutter, sondern auch mein Vater hatten in der Zwischenzeit eine geblümte Schürze an. Sah richtig geil aus.

Ein ruhiges Gespräch fand zwischen den beiden nicht statt, da jeder versuchte dem anderen klar zu machen, dass sein Tagesplan der bessere sei. Ich kannte diese Gespräche und hatte keine gute Erinnerungen daran, darum machte ich mich auch schnell aus dem Staub. Heinrich stand in der Zwischenzeit wie ein verlorenes Huhn in der Küchentür, hatte noch eine leichte Bierfahne und Schlagseite. Der Gleichstand der Pupillen war auch noch nicht ganz erreicht. Nur die Haare aus seinen Nasenlöchern waren genauso lang, wie am Tag zuvor. Außerdem hing seine Schlafanzughose so tief unten, dass es schon Zeit wurde, die Augen zu schließen. Aber da hätte heute Morgen sowieso keiner einen Blick verschwendet. Dann verschwand er im Bad.

Meine Arbeitskolleginnen aus dem Friseursalon, in dem ich zu der Zeit tätig war, liefen schon wie aufgeregte Hühner durcheinander.

Die Einladung zu meinem Polterabend mit vielen Marinesoldaten, sorgte jetzt schon für Aufregung. Abends sollte dann die hoffentlich fröhliche Party stattfinden.

Hier und da tauchten schon die ersten Fragen auf. Ob die denn auch gut aussehen? Die werden doch nicht alle schon verheiratet sein? Und wenn?

Ach was, es wird wohl richtig die Post abgehen. Die Gerti veränderte bereits ihre Frisur samt Haarfarbe. Aus schwarz mach blond. Wenn man Glück hat, gelingt es ja auch gleich. Könnte aber auch orangerot rauskommen. Die andere hatte bereits beschlossen, sofort ihre Fühler auszustrecken. Bei zwölf Matrosen sollte wohl der eine oder andere dabei sein.
Erst einmal ein scharfes Outfit anziehen.

In der Küche herrschte Chaos und man wuselte hier und dann wieder da.

Es entstand Rührkuchen, Kirschkuchen, Marmorkuchen, meine Mutter rührte fleißig in der Hochzeitssuppe mit Eierstich, während

Meine Arbeitskolleginnen
in "Flirtlaune"

meine andere Freundin Karin sich an die Gulaschsuppe machte. Dazwischen gab es dann noch eine Menge Abwasch. Und das alles von Hand gewaschen und abgetrocknet. Ich habe noch nie so viel nassgeschwitzte Haare und Gesichter gesehen. Eine Großküche war nichts dagegen.

Der selbstgebackene Biskuitboden von meiner Mutter für die Hochzeitstorte war fertig und nun schmiss sie sich an ihre künstlerische Phase. Ich beobachtete sie, mit wie viel Eifer, Sorgfalt und Schweiß auf der Stirn, vor lauter Aufregung, ja, wollte sie alles richtig machen.

Mit ihren flinken Händen bestrich sie den unteren Biskuitboden mit selbstgekochter Erdbeermarmelade. Dann kamen ein paar Mandelsplitter darüber und schließlich folgte dann die selbstgemachte Buttercreme. Nun wurde der zweite Biskuitboden draufgelegt. Wieder Erdbeermarmelade, Schokoladenbuttercreme und Pistazien. Jetzt folgte Nummer 3 des Biskuitbodens. Helle Buttercreme, Zartbitterraspeln, dann Schokoladenbuttercreme oben drauf. Und der Knaller, 16 weiße Schokoladenrosetten.

Torte von außen mit Creme bestrichen und Kokosflocken drauf. Auf jede Schokoladenrosette eine Schokoladenmoccabohne.

Eine riesige Buttercremeblume und Marzipan waren der Höhepunkt.

Das kleine Brautpaar in der Mitte machte den Zauber der Hochzeitstorte vollkommen.

Die Frauen aus der Nachbarschaft hatte ich in dieser ganzen Zeit gar nicht mehr wahrgenommen. Tante Martha hatte ihr kleines Kopftuch, was den Schweiß auffangen sollte, über das Gesicht hängen. Oben erschienen schon wieder ihre Augenbrauen und auch der Ansatz ihrer Brille kam langsam zum Vorschein. Unterhalb des Tuches machten sich ein paar Schweißtropfen breit. In ihrer rechten Hand hielt sie seit einiger Zeit das Kartoffelschälmesser und wartete wohl weiter auf Arbeit.

Teddy, unser schwarzes Hundeknäuel, rannte immer zwischen den Beinen der Frauen in der Küche herum. Es könnte ja sein, dass der eine oder andere Wurstzipfel abfiel.

Derweil zog meine Mutter noch mit einem Schaschlikspieß ein Muster vorsichtig oberhalb der Cremeschicht in die Torte hin und her. Ein Konditor hätte es nicht besser machen können. Erst jetzt viel mir richtig auf, wie sehr sie sich auf diese Hochzeit mit allem Drum und Dran gefreut hat. Und für mich, ihre Tochter, sollte es wohl die Torte geben, die sie sich immer gewünscht, aber nie bekommen hatte. Ich dankte ihr dafür und spürte, wie sehr sie mich doch liebte. Auch wenn es manchmal doch einen furchtbaren Mutter-Tochter-Kampf gegeben hatte. Sie war Widder und konnte jeden an die Wand rennen. Aber auch ich hatte Hörner. Ich war Stier. Gutmütig, künstlerisch veranlagt, manchmal ein wenig träge, treu, eine Glucke.

Ich besaß aber auch 4 Hufe, die schaben konnten, 2 Nüstern, aus denen heißer Dampf kam, einen feurigen Blick, schnellen Anlauf und – wenn es sein musste, waren hinterher keine Nadeln mehr an der Tanne. Kam aber äußerst selten vor. Lieber rechtzeitig aussprechen.

Das Verhältnis zwischen mir und meiner Mutter konnte eigentlich als ein typisches Mutter-Tochter-Verhältnis bezeichnet werden. Wir konnten uns beide entschuldigen, und das gehört ja auch zu einem guten Verhältnis. Wir nahmen uns oft in die Arme. Und immer wenn einer von uns Hilfe brauchte, war man füreinander da. Meine Mutti war die Feuerwehr der Familie.

Die Sophia, Edda, noch einige andere Nachbarinnen, die in der Zwischenzeit alle eintrafen, um auch ihre Hilfe anzubieten, kannte ich zwar nicht, aber ich fand es sehr freundlich. Dass sie alle glasige Augen und rote Wangen hatten und sehr albern waren, pausenlos kicherten, konnte man nur auf den süffigen Wein zurückführen. Aber es war wirklich unglaublich fröhlich. Meinem pflegeleichten Vati gefiel die ganze lustige Stimmung prima. Er war immer sehr verschmitzt.

Tante Martha stand immer noch mit dem Kartoffelschälmesser wie eine Galionsfigur am Küchentisch. Vielleicht wollte sie auch nur die Pellkartoffeln für den Kartoffelsalat pellen und die sogenannten »Kartoffelaugen« ausstechen.

Dann die Kartoffeln in den Eierschneider, damit sie alle die gleiche Stärke hatten. Wilma könnte ja in der Zwischenzeit Gewürzgurken, Mayonnaise, Salz, Pfeffer, Zucker und was sonst noch fehlt, zu einer Salatsoße verarbeiten.

Hätte ja sein können. Tat sie aber nicht. Sie sah lieber zu. Heinrich und ich bekamen jeder eine große Schüssel Pellkartoffeln und zwei große leere Schüsseln für die gepellten Kartoffeln vor die Füße gestellt. Jeder erhielt dann noch ein Kartoffelschälmesser, und nun man los. Lasst euch nicht abhalten. Bringt ja auch wirklich Spaß. Heinrich hatte inzwischen seine dicke Brille aufgesetzt. Wie sollte es auch anders sein. Kartoffelaugen konnte er trotzdem nicht entdecken. Das hieß für mich, dass ich jede Kartoffel noch einmal ganz genau durchsuchen musste.

Ich hatte regelrecht die Schnauze voll. Die anderen Männer waren auch schon gut drauf. Wie glücklich mein Vater über meine bevorstehende Hochzeit war, konnte man aus seinem Gesicht ablesen. Er liebte mich abgöttisch. Wie es wohl bei Vätern ebenso ist. Für die

beiden Väter sollte es einen Tag später, also am Tag der Hochzeit, noch eine kleine Überraschung geben.

Aber dazu später.

Die flotte Herrenriege auf dem Sofa in der Stube ließ sich nicht stören und ein derber Witz jagte den nächsten.

Nun zu meinem Heinrich und den Kartoffelschüsseln. Heinrich brauchte für eine kleine Kartoffel etwa fünf Minuten. Also Eheschließung am 19.01.1968, Fertigstellung des Kartoffelsalats am Nikolaus, 06.12.1968 Allerdings ohne Petersilienstängel und geachtelte Eier als Garnitur. Jedenfalls verging dann doch noch die Zeit. Zwar nicht wie im Flug, aber die Zeiger bewegten sich.

Meiner Mutter standen, was ich nie gedacht hätte, alle Haare zu Berge. Ihre Wangen glühten, und das kam nicht nur von der vielen Arbeit. Nein, es lag mal wieder an ihrem selbstgemachten Brombeerwein. Erst schön von den Sträuchern pflücken, mit hochprozentigem Korn auffüllen, und dann hatte man auch einen Schnaps, der es in sich hatte.

Aber ich gönnte es den fleißigen Frauen. Als meine Mutter allerdings des Eierstichs wegen in ihrer gekochten Hochzeitssuppe, die nicht gelingen wollte, wütend wurde, stießen die anderen Frauen erst einmal zur Beruhigung mit einem – na was wohl, richtig – Brombeerwein an. Die anderen Gäste hauten derweil auf die Pauke und riefen nur immer – »Prost, ihr da in der Küche.« Die Küche war nicht besonders groß. Aber es passten immerhin Tante Wilma, Schwägerin Marion, Tante Schlage, ein paar Unbekannte und meine unermüdliche Mutti hinein, die ja von der ganzen Feier überhaupt nichts mitbekam.

Die Küchenschürze schien ihr einziges Bekleidungsstück zu sein. Erstens konnte sie sich nicht ohne Küchenschürze durch die lustige

Gesellschaft wuseln, um dann, bewaffnet mit vollen Aschenbechern, Kronkorken, leeren Weinflaschen, Bierflaschen zurückzukommen.

Danach marschierte sie mit irgendwelchen Schnittenplatten – alles selbstgemacht –, Suppentassen mit heißer Gulaschsuppe, Schmalzbrötchen, heißen Würstchen, Kartoffelsalat und Käsespickern wieder lächelnd, nach dem Motto – das macht mir alles gar nichts – wieder aus der Küche. »Das ist für mich ein Kinderspiel.« Hätte man sie spätestens nicht an diesem Punkt – (so muss man sein, wenn man mit Hasch dichtgedröhnt ist, denke ich) – aufgehalten, wäre ihre Durazellbatterie immer weiter gelaufen. Ihr Motor lief und lief. Schien gut geölt zu sein. Hatte prima Zündkerzen und brauchte bis jetzt auch noch nicht abgeschleppt werden. Ihr Benzinkanister musste randvoll gewesen sein.

Das Pflaster an ihrem Zeigefinger hatte auch nichts zu bedeuten. Und außerdem hatte sie ja tatkräftige Helferinnen. Um ein Foto von ihr zu machen, setzte sie ihr schönstes Lächeln auf, was ihr aber nicht leicht fiel. Sie war kaputt. Ihr Motor lief und lief. Immer noch. Sie tat mir sehr leid, weil sie alles gab, um uns ein unvergleichliches Hochzeitsfest zu gestalten, das seine Spuren, weil es so schön war, in unseren Köpfen und Herzen hinterlassen würde. Und so ist es bis heute geblieben.

Mein Bruder Jürgen hatte sämtliche Jacken und Mäntel von der Garderobe in den Wäschekorb gelegt, der sich im Keller befand. Regenschirme, Handtaschen, Hüte und irgendwelche Mützen befanden sich auch darunter. Zwischen Küchentür und Stubentür, wo sich ja ein Stück des Flures mit einem Spiegel befand, hatte er zwei Kisten, in denen sich vorher Apfelsinen befanden, mit einem großen Tuch mit Tigerdruck drauf als Decke darübergelegt. Ein paar Bier-, Schnaps- und Weingläser darauf, drei kleine Hocker davor und ein Gummibaum

Chaos in der Küche
dank Muttis Brombeerwein

von der Nachbarin machte die Bar perfekt. Ein wenig Karibikfeeling gab's noch dazu. Eine Schnur aus Bast hing auch noch an der Bar. Er war jedenfalls in seinem Element und als die ersten Matrosen, selbstverständlich in Uniform, sich nach einem Bier, noch einen Rum die Kehle herunterlaufen ließen, war die Party feuchtfröhlich angelaufen. Mein Bruder saß an der Quelle und er fühlte sich im Kreise seiner Kameraden pudelwohl.

Meine bereits angekommenen Arbeitskolleginnen, die zum Teil angeklebte Wimpern trugen, erkannte ich kaum wieder. Ein paar Gläschen Sekt hatten sie sich auch schon gegönnt und sich dementsprechend aufgebrezelt.

Aber dann kam meine kleine, knuddelige Chefin, eine Polin, genannt »Püppelchen« und mein etwas ruppiger, strenger Chef, genannt »Olleken«, zur Feier. Diese beiden waren einfach nicht zu toppen. Noch nie waren sie jemals auf einem Polterabend erschienen. Ich wusste, dass mich beide wirklich schätzten und ich war stolz darauf, der beste Lehrling zu sein, den sie je hatten. Sie mochten mich sehr und haben gerne meine Einladung angenommen.

Heinrich mochte auch die beiden sehr und freute sich mit mir. Sogar die Männer hatten aus dem Herrensalon mit Freude zugesagt und waren schon bester Laune. Es herrschte schon eine saumäßig gute Stimmung. Mein Vater, Opa Willi, Norbert, Heinz; Olleken sowie Horst und Alouis verstanden sich prächtig.

Bayrisch und Norddeutsch! Wo lag das Problem? Norddeutsche sollten doch furztrocken sein! Im Schlafzimmer fing Tante Marry auf holländisch an zu singen. Holland war ihre Heimat, und sie war stolz darauf. Ihr Sohn Gerhard schmetterte auch dazu und Onkel Ali klapperte mit den Löffeln den Takt. Die ersten Arme der Matrosen hatten sich schon in glückseliger Laune um einige meiner Kolleginnen gelegt. Die schmiegten wiederum ihren Kopf an dessen breite Schultern und säuselten mit gekonntem Augenaufschlag. Sie hätten schon immer Marinesoldaten bewundert. Allein die Uniform würde so beeindruckend wirken. Wenn sich dann auch noch ein knackiger Hintern darin befand, wäre der Anblick vollkommen. Wie kann man nur so einen Müll erzählen, dachte ich, das konnte auf keinen Fall an den paar Gläsern Wein gelegen haben.

Nun, in einem Fall hatten die Kolleginnen allerdings recht. Ein Knackarsch in einer Uniformhose kann einen schon mal zum Träumen bringen und alles vergessen lassen. Zum Beispiel, dass in der Küche die Backofentür runtergeklappt ist und man nach vorne gucken sollte, als einem Hintern hinterher zu schauen.

Trotzdem hatte sich damals mein blaues Schienbein gelohnt. Allerdings habe ich es nie wieder gemacht. Nicht weil die Backofentür zu 90% geschlossen war, sondern der Bluterguss sich hartnäckig hielt, bevor er die gelb-grüne Farbe annahm, um sich dann zu verziehen.

Meine Freundin Monika war ohne ihren Freund gekommen. Sie trug ein lindgrünes Plisseekleid, eine zauberhafte Frisur und der breite, grüne Gürtel unterstrich ihre schmale Taille. Die grüne Augenfarbe ergab dann noch dem abgerundeten Bild den letzten Schliff. Sie wusste genau, dass sie alle anderen »Darstellungskünstlerinnen« mit ihrem Erscheinen übertraf. So ein raffiniertes Aas. Sie trug ein so perfektes Make-up, dass nicht einmal bei ihrem aufreizenden Lachen, der schwarze Lidstrich verwischte.

Ich will nicht sagen, dass ich etwa eifersüchtig war. Ich war mit mir sehr zufrieden. Immerhin trug ich zu meinen schönen, großen, blauen Augen (man sprach mich sehr oft darauf an und ich wurde dann auch gleich 10 cm größer) ein feines nachtblaues Strickkleid.

Mein frisch geföhntes haselnussbraunes Haar war halblang, und eine große, sogenannte Welle, fiel mir leicht ins Gesicht. Die Frisur hatte ich schon seit meiner Schulzeit, und ich war froh, dass mein Vater mir wenigstens diese Haarlänge ließ.

Einmal hatte er es doch tatsächlich fertig gebraucht, ich war 8 Jahre alt, mich in einen Herrensalon zu schleppen, um mir, weil er es so toll fand, einen Jungenhaarschnitt verpassen zu lassen. Meine abstehenden Ohren kamen danach prima zur Geltung. Mein Hinterkopf war hoch abrasiert bis an die Ohrenspitzen. Rechts einen Scheitel, wie mit der Axt gezogen. Ich habe Rotz und Wasser geheult damals.

So sollte ich jetzt auch noch in die Schule gehen. Das war unmöglich. Der Einzige, der von meiner Horrorfrisur begeistert war, wer konnte das wohl gewesen sein? Es war mein Vater. Und nur er alleine!

Mutter hätte ihn lieber in die Wäscheschleuder gesteckt und bei tausend Umdrehungen kräftig durchgeschüttelt, bis er wieder feststellte, dass ich ein Mädchen und kein Junge war.
    Als er dann auch noch dabei war, als mich die Schlachterfrau »Frau Schmidt« nicht einmal erkannte, schien er wohl begriffen zu haben, dass er zu weit gegangen war. »Na mein Kleiner, möchtest du eine Scheibe Wurst haben?« Dabei grinste sie mich auch freundlich an. Das war sogar für mich zu viel.
    Ich warf ihr die Wurstscheibe über den Tresen und rief trotzig mit dicken Tränen in den Augen: »Ich bin kein Junge! Ich bin Silke!« Dann lief ich aus dem Laden. Meine Mutter schrieb mir für die Schule eine Entschuldigung. Sie setzte mir eine Pudelmütze auf und von diesem Moment an hatte ich eine Mittelohrentzündung.
    Das Problem war damit erst mal zu ertragen.
Aber heute, mein Vater wagte es auch nie wieder, mir so eine Gräueltat anzutun, jetzt sah ich auch einfach toll aus. Schon früh war ich

Na, ihr Süßen

mir meiner Wirkung auf die Männer bewusst. Meine Mutter nähte mir dazu tolle Kleider. Die hatten allerdings immer einen sehr weiten Ausschnitt, so dass mein Vater verlangte, sie solle gefälligst eine Stoffrosette mit einem Knopf in der Mitte des Ausschnittes annähen. Spätestens auf der Toilette in der Diskothek hatte ich diese wieder verschwinden lassen. Sie war ja eh nur mit einer Sicherheitsnadel befestig. Null Problem.

Wilhelmshaven war ja die Marinestadt überhaupt. Wenn die Flotte im Hafen lag, war am Wochenende ein Meer von weißen Marinemützen und blauen Uniformen schon beeindruckend. Ich fand es toll. So manches Schnuckelchen war schon dabei.

Ein Schnuckelchen hatte ich mir ja bereits geangelt und an Land gezogen. Und das war auch gut so. Als ich ihn in einer Diskothek namens »Gondel« kennenlernte, trug er ein blau-weiße-gestreiftes Hemd. Ich weiß nicht warum, aber ich hatte irgendwie den Eindruck, dass er vielleicht Schlachter von Beruf war. Ich setzte blau gestreifte Hemden immer mit Schlachter in Verbindung. Aber das stellte sich ja dann als Irrtum heraus. Ich hätte ihn auch als Schlachter genommen.

Jetzt saßen Opa Willi, Olleken mein Chef, Papa, Norbert, Heinz, Horst und Püppelchen, meine Chefin, auf dem Sofa und zwei Sessel in der Stube. Alle hatten selig einen »Affen« vom Wein, lachten, aßen Käsespicker, Frikadellen, Kartoffelsalat usw. Jedenfalls haute die Musik voll rein. Es wurde geschunkelt und alle waren gut drauf. Der absolute Hammer. Olleken und Püppelchen haben überhaupt keine Anstalten gemacht zu gehen, und genossen alles in vollen Zügen.

Opa Willi war von den Matrosen restlos begeistert und meinte, obwohl er fünf Söhne hatte, wäre es der schönste Polterabend/Hochzeitsfeier, die er je erlebt hatte. Leider war meine Schwiegermutter krank und konnte deswegen nicht kommen. Es hätte ihr bestimmt gefallen. Mein Bruder und die anderen Kolleginnen von mir, standen Arm in Arm an der kleinen Bar.

Das mit den Matrosen war für meinen Bruder Jürgen sein Ding, und er strahlte wie ein Honigkuchenpferd. Auch er trug inzwischen eine Marinemütze. Zwar verkehrt herum, so hatte er die Mützenbänder genau vor den Augen, die dann an seinem Schnäuzer hängen blieben.

Meine Mutter stand weiterhin wie ein Feldwebel mit den Nachbarinnen total verschwitzt und nass wie »Schmidts Katze« in der Küche, um im Flur, Stube, Schlafzimmer die vollen Aschenbecher mal wieder zu leeren. Gepafft wurde ja auch nicht schlecht. Sie war unermüdlich und hätte Kilometergeld verdient. Mein Schwiegervater und auch die anderen lobten sie in den höchsten Tönen für ihre Kochkunst. Sie war unendlich stolz. Das konnte sie auch sein.

Heinrichs Familie war begeistert von ihr. Soweit ich noch weiß, existieren noch Bilder davon. Natürlich mit Schürze. Im Hintergrund stand sie mal hinter Tante Martha, dann wieder ganz vorne. Wilma war hin und wieder halb zu sehen. Jedenfalls war alles ziemlich durcheinander. Aber es schien ihnen recht gut zu gehen mit dem Wein. Das Klingelzeichen an der Tür haben wir alle durch die lustige Feier überhört.

Es gab aber die verrücktesten und schrägsten Fotos. Dass ich so blöd aussehen konnte, wusste ich bis dahin noch nicht. Auch Heinrich konnte seine schrägen Augen kaum unter Kontrolle halte. Seine Augen standen so weit vor, dass man sie fast mit der Handkante hätte abschlagen können.

Die Matrosen waren inzwischen zur totalen Höchstform aufgelaufen und standen bereits mit einem Bein auf dem Stuhl und mit dem anderen auf dem Tisch (Tapeziertisch) mit Papierdecken drauf und

ich glaub es haut mich um
" Du bist ja ein Knaller "

aus voller Brust schmetterten sie: »Hurra, wir fahren im Puff nach Barcelona.« Da wusste man, wie hoch der Pegel schon wer. Dieses Seemannslied war immer der Knaller.

Erst leise und schließlich laut erklang dann lallend und bierselig, der eine lauter als der andere: »Schwarzbraun ist die Haselnuss, schwarzbraun bin auch ich, schwarzbraun muss auch mein Mädl sein, gerade so wie ich.« Also wer war gemeint? Ich! Das passt ja genau.

Weiter ging's dann in schmetternder Lautstärke: »Junge komm bald wieder, bald wieder nach Haus!« usw. Opa Willi, Norbert und Alouis waren ja aus Bayern und konnten es nicht glauben. Ihren Gesichtern nach zu urteilen, das gibt's doch gar nicht, Norddeutsche und Temperament, diese kühlen und drögen Gestalten können ja so richtig die Sau rauslassen. Einfach klasse!

Geklingelt hatte es in der Zwischenzeit nicht mehr. Dafür wurde kräftig an die Tür geschlagen. Ich dachte, dass mir jeden Moment die Wohnungstür entgegenfällt.
Es standen dann zwei kleine, grüne Männlein in Uniform vor mir, Mützen auf dem Kopf, der Gesichtsausdruck sehr wichtig, aus ihren Augen blickten mir schon die Handschellen entgegen.
Die Stimmung war schnell auf dem Nullpunkt, und meine Mutter stand mal wieder da wie ein Donnerwetter, die Arme in die Seiten gestemmt, eine Augenbraue etwas hochgezogen. Das Braun ihrer Augen war noch dunkler geworden, ansonsten bemühte sie sich ernsthaft um ein freundliches Gesicht.

»Wenn wir ein bisschen laut sind, kann ich sie beruhigen. Die Nachbarn wissen Bescheid und feiern auch mit. Wissen Sie, meine Tochter feiert heute Polterabend und es kann dann schon mal etwas lauter werden. Aber dafür hat man doch sicherlich Verständnis.« Als sie den beiden dann aber auch noch einen Schnaps anbieten wollte, wurde dieser sofort etwas hochnäsig und empört abgelehnt. Sie seien ja schließlich im Dienst.

Dann konnten sie sich ja wenigstens selber davon überzeugen, dass Polterabend gefeiert wurde, und der kommt ja bekanntlich nicht oft vor. Eigentlich. Sie versprach jedenfalls, dass es ab jetzt leiser werden würde. Dann nickte sie noch freundlich und machte den Polizisten die Tür vor der Nase zu. Leiser wurde es trotzdem nicht.

Welche Spaßbremse konnte eigentlich so ein Ekel sein. Es musste schon eine Person sein, die anderen nicht einmal ein bisschen Glück gönnt. Vielleicht war dieser Mensch auch einfach sauer, weil er selber nicht eingeladen war. Der Grund könnte ja gewesen sein, er war schlicht und einfach ein Stinkstiefel. Vor dieser ganzen gelungenen Feier, hatte der liebe Gott allerdings erst den Schweiß gesetzt.

Alles kommt mir so vor, als sei es gestern gewesen.
Besonders, als gegen 20.00 Uhr die erste Kloschüssel angeschleppt wurde, wollten Heinrich und ich es gar nicht glauben, was da auf uns zukam. Dann flogen Tassen, Suppenschüsseln, Kannen, Teller, Sammeltassen usw. Man hatte den Eindruck, die Keller und Dachböden müssten leer gewesen sein. Es schien, als hätte man auch noch die Flohmarktsachen zusammengetragen. Einige hatten wohl auch noch das schäbige Hochzeitsgeschirr der Schwiegermutter für diesen guten Zweck benutzt. Es waren aber auch potthässliche Sachen darunter. Vor allem das Geschirr mit dem Goldrand und den Blumenranken, wo schon am Zuckertopf die Henkel fehlten.

Schließlich klemmte man mir noch einen großen, hässlichen, zerfledderten Storch aus Stroh unter den Arm, während Heinrich mit Besen und Schaufel bewaffnet die ersten Scherben zusammenfegte. Die Kloschüssel, wo immer sie auch herkam, blieb bis zum Schluss. Dann kam jemand auf die glorreiche Idee, dieses Prachtexemplar

ist ja noch heile. Also auf geht's. Los Leute und jetzt kommt die Krönung.

Hätte er bloß nichts gesagt. Ratzfatz nahm sie jemand hoch und schmiss sie mit großem Gejohle auf den Gehweg. Dann kamen die anderen auf die »Super-Idee«, die zusammengefegten Scherben aus den Müllsäcken wieder auf den Gehweg zu verteilen. Dabei kippten sie sich lustig einen Schnaps nach dem anderen hinter die Binde. Dass sie sich gegenseitig auf die Schulter klopften und fanden schließlich heraus, der Polterabend hätte nicht besser laufen können.

Opa Willi machte viele Fotos und war hellauf begeistert. Anschließend wurde ich mit dem Storch unter dem Arm und Heinrich an der Hand einmal die Fußgängerzone (wie wohnten damals dort) rauf und runter geschickt. Das reicht! Die Fotos von diesem Quatsch sprechen Bände. Heinrich und ich haben uns köstlich amüsiert und manchmal Tränen gelacht. Die Schaufel und der Besen waren immer in Bewegung. So langsam löste sich die Feier auf. Meine Chefin, mein Chef gingen gefolgt von Opa Willi, Heinz, Norbert, Alouis und Wilma.

Dann folgte meine Lieblingskollegin Gerti. Sie hatte übrigens an diesem Abend seine rasante Frisur und hinter ihrem Ohr steckte eine rote Blume. Vormittags besaß sie noch einen schwarzen Pagenkopf. Jetzt war sie platinblond und hatte angeklebte Wimpern. Die Veränderung stand ihr ausgezeichnet. Aber einen Mann hatte sie leider nur für diesen einen Abend. Sie war einfach zu gutmütig und wurde sehr oft ausgenutzt. Eine sehr treue Seele.

Einige unserer Gäste hätten sich eigentlich aufgrund ihres Alkoholpegels von selbst auflösen müssen. Der Brombeerwein meiner Mutter hatte es wirklich in sich. Er war süffig und verursachte allerdings eine leichte Gangunsicherheit. Alle hatten dazu beigetragen, dass es ein rundum gelungenes Fest geworden war.

Es war lustig, fröhlich, keiner hatte sich daneben benommen. Nie wäre mir eine der schönsten Feiern meines Lebens so in Erinnerung geblieben.

Nachdem alle Trümmer der Feier beseitig waren, die Fenster und Türen offen standen, damit der Qualm der Zigaretten sich buchstäblich aus dem Staub machen konnte, streckten wir erst einmal alle Viere von uns. Ich war in der Zwischenzeit auf dem Sofa in der Stube eingeschlafen. Meine Haare sahen zwar noch aus wie frisch frisiert, und die Schleife saß auch noch an der gleichen Stelle, wo ich sie vor Stunden hineingesteckt hatte.

Als Heinrich mich geweckt hatte, machte Papa gerade noch ein Foto. Ich sah auf dem Foto so aus, als hätte sich eine Wespe in meiner Unterhose eingeklemmt und der Stachel machte das, was man, wenn man ein Wespenstachel ist, ebenso macht. Man sticht, sticht und sticht. Ich hatte aber keine Wespe in meiner Unterhose. Meine Augen waren vor Müdigkeit alleine so groß wie Teetassen weit aufgerissen, weil ich inzwischen gar nicht bei diesem ganzen Durcheinander (ich gähnte in einer Tour) mehr einordnen konnte, wo ich mich eigentlich gerade befand.

Heinrich hielt mir zum Abschluss des Tages noch ein Glas Sekt unter die Nase. Mutti trank noch einen Wein, Papa einen Schnaps und zu guter Letzt folgte dann noch eine Zigarette, um zum Schluss noch einmal die Luft zu verpesten.
Während wir uns noch etwas unterhielten, dachten wir noch immer über diesen Stinkstiefel nach, der uns die Polizei auf den Hals geschickt hatte. Es war der Hauseigentümer. Ein Mann, den alle liebten!!

3-mal hatte seine mehr als neugierige Mutter ihm eine Frau ausgesucht. Da sie ihn, trotz seiner 49 Jahre, wie einen kleinen Jungen behandelte. Er wiederum war zu sehr ein Schlappschwanz, um einmal kräftig auf den Tisch zu hauen. Sein Vater hatte sich in der Zwischenzeit erhängt. Die Frauen haben auch jedes Mal nach kurzer Zeit das Weite gesucht. Denn mit so einer Flachpfeife konnte es ja keine selbstständige Frau aushalten. Außerdem kaufte Mutti stets die Lebensmittel ein. Bestimmte, was an welchen Tagen gegessen wurde. Teilte das Haushaltsgeld ein und hatte alles unter Kontrolle.

Ich hätte sie in den Wald ganz weit weg gebracht, an einen Baum gebunden und jeden zweiten Tag nachgesehen, dass sie sich auch ja keinen Zentimeter bewegt hatte. Und wenn ich dann wieder Lust gehabt hätte, dann wäre sie vielleicht von mir losgebunden worden. Außerdem hätte ich mir einen großen Hund zugelegt, der laut bellen und knurren konnte, Schaum vor dem Maul bekam, sobald sie sich blicken ließ. Zähne hätte er aber keine mehr haben müssen. Nun ja. Das so in meiner Phantasie. War aber gar nicht so schlecht. Die Alte hätte mal einen Denkzettel gebraucht.

Da dieser Eigentümer niemanden in Frieden leben lassen konnte und alle schikanierte, konnte nur er es gewesen sein. Im Treppenhaus waren eine Menge Schilder angebracht. Also mit der Bohrmaschine umgehen, konnte er. Füße abtreten! Um 20.00 Uhr kein Besuch mehr! Außerdem ab 20.00 Uhr Eingangstür abschließen! Kein Fahrrad durch das Treppenhaus tragen! Es gab aber keine andere Möglichkeit, da er die Hofeinfahrt mit sämtlichen Unrat vollgemüllt hatte. Eigentlich sollte der Unterstand für die Fahrräder sein und ein Fluchtweg. Aber er als Eigentümer machte seine eigenen Regeln.

Wäsche von 10.00 Uhr bis 16.00 Uhr zum Trocknen im Hof aufhängen! Mehr als 4 Leinen konnte man allerdings nicht spannen, da der Hof von 2 Meter hohen Mauern umgeben war und so klein, dass nur eine Leine von einer Wand zur anderen reichte. Unser kleiner Hund durfte sich während des Wäscheaufhängens nicht im Hof aufhalten, beziehungsweise in der Sonne. Wenn sie denn mal dahin kam. Ab 22.00 Uhr kein Besuch im Haus und Einhaltung der Nachtruhe! Die Benutzung des Balkons war untersagt. Er schloss die Türen zum Balkon, der meistens von der Stube ausging und mit zur Wohnung gehörte, einfach ab. Es kann sein, dass ich noch etwas vergessen habe, aber ich denke, das reicht.

Einen Grashalm oder eine Gänseblume suchte man im Hof vergebens. Nicht einmal Heinrich durfte den Wohnungsschlüssel haben, wenn er für meine Mutter einkaufen ging. Obwohl wir verlobt waren und Heinrich ja schon zur Familie gehörte.

Es muss ihn unglaublich angefressen haben, dass sich keine Frau für ihn interessierte. Lag wohl daran: er war lang, hatte Beine wie ein Storch, seine dunkelgraue Hose glänzte am Hintern: Es schien seine einzige zu sein. Die Hosenträger waren der absolute Knaller. Über den langen Hosenschlitz, was bei Gott nichts Besonderes hieß, wölbte sich eine kleine Kugel. Diese wurde bedeckt von einer Weste. Seine Figur glich einer Birnenform. Dann hatte er auch noch unendlich lange Füße, kurze Hosenbeine, Halbglatze, dicke Brille mit hoher Dioptrienzahl.

Seine Augen glichen daher zwei großen Murmeln. Die Augenfarbe war undefinierbar. Sein leichter Buckel erinnerte an Karl Valentin. Aber er hätte auch in Zilles Milieu gepasst. Schlicht, er war ein Schreckgespenst und im Gruselkabinett mit Sicherheit die Attraktion gewesen. Eben: Ein hässlicher Vogel. Dieses Aussehen hatte er wohl von seiner Mutter geerbt. Schlicht, der Grund, er war nicht eingeladen. Das war's.

Jedenfalls war bei uns inzwischen Schlafenszeit, denn schließlich lag morgen der große Tag vor uns. Ich unterhielt mich noch lange mit meiner Freundin Monika, die für mein Make-up an meinem Hochzeitstag zuständig war. Obwohl ich es nie zugegeben hätte, war ich schon sehr aufgeregt. Ich träumte von meinem Hochzeitskleid, meinem wunderschönen Schleier, und dass ich ja nicht mich der Länge nach in die Kirche legte. Elegant laufen war nun mal nicht meine Stärke. Aber mein ganzer Stolz galt meiner fleißigen Mutter. Schon als kleines Mädchen nähte und strickte sie bis in die Nacht. Sie stickte wunderschöne weiße Margeriten auf mein rotes Kleid, sträubte sich aber gewaltig, mir im März meine ersten Kniestrümpfe anzuziehen. Aber dafür war ja damals meine Oma zuständig. Ebenso für den ersten Büstenhalter, Nagellack, ondulierte Haare und einen rosa Perlmutthaarreifen. Leider war sie gestorben und ich vermisste sie sehr. Meine Mutter hatte alles bis hin zum Wäscheboden, Waschbottich, Lattenroste, Matratzen, Wolldecken und Kissen als »Navigator« hervorragend gemanagt.

Während mein Papa jede Menge auf Lager hatte und die Herren prächtig unterhielt. Er nahm mich immer wieder in die Arme, als wollte er mich nicht loslassen. Ja, Papa, aus kleinen Mädchen werden aber auch Frauen. Aber dein »Stummelchen« bleibe ich trotzdem. Und so manchen Schnaps oder Wein werden wir auch weiterhin zusammen trinken. Dann gab ich ihm einen dicken Schmatzer. Auf geht's!

Alle diese Gedanken gingen mir immer wieder durch den Kopf. Wusste ich doch, dass ich meine Mutter und meinen Papa ab dem 01.06.1968 nicht mehr in Wilhelmshaven besuchen konnte.

Heinrich hatte auch großes Glück. Vier Monate Seefahrt. Mit allem, was so kreucht und fleucht, oder einem vor die Linse oder Füße, oder genau vor die Liegematte in Miami in den Sand fällt. Für die Wohnung und die damit verbundene Lauferei hatte er ja sein frisch angetrautes Seelchen Silke. Aber diese Gedanken fegte ich sofort wieder aus dem Kopf.

Hoffentlich sitzen meine Haare! Und ohne ein Glas Sekt beim Schminken lief gar nichts. Sollte ich in der Zwischenzeit etwas dicker geworden sein, würden mir meine Freundinnen das Kleid einfach enger schnüren. Alles ein Kinderspiel.

Sie mussten nur dafür sorgen, dass ich nicht extra meine Luft anhalten musste, denn dann hätte ich ja, was nicht zu vermeiden gewesen wäre, einen Buckel. Irgendwo musste die Luft ja bleiben. Ach, die werden das schon manchen!

Mein Hochzeitskleid hing im Schrank. Es war ganz aus Spitze. Traumhaft! Die Spitzenärmel endeten in einer langen schmalen Spitze, genau mit einem kleinen Bändchen, das um den Mittelfinger kam, damit nichts verrutschte. Genauso sollte es sein. Ich freute mich wie verrückt.

Die Schleppe teilte sich in der Taille in leicht auseinanderfallenden weichen Bögen. Hoffentlich mochte Heinrich mich leiden!

Allerdings war die Treppe vom ersten Stock bis ins Erdgeschoss für mich noch eine Gelegenheit vorne auf das Kleid zu treten. So lag ich Heinrich gleich zu Füßen. Dann wäre ich von Anfang an gleich die Unterlegene. Von wegen! Kommt überhaupt nicht in Frage! Außerdem sollte der Schleier mit den zwei Rosetten auf dem Kopf keine Schlagseite bekommen.

Meine Mutter konnte es nicht lassen und hatte mir doch tatsächlich weiße Schuhe gekauft. Was hasste ich – »weiße Schuhe«. Also hatte ich mir vorher beim Schuster Silberfarbe besorgt und sie einfach eingefärbt. Jetzt sahen sie, fand ich jedenfalls, gut aus. Ich hoffte, meine Mutter würde das auch so sehen.

Nun kam die Überraschung. Während ich noch geschminkt wurde und mit den anderen Sekt schlürfte, wegen der Nervosität sagen wir mal. Die ganzen Soldaten vom Polterabend hatten weiße Uniformen an und holten die beiden Väter zu einem kleinen (hoffte ich) Umtrunk ab. Mein Schwiegervater war jetzt total begeistert, und es hätte ihm fast die Schuhe ausgezogen. Jedenfalls verschwanden sie mit den beiden stolzen Vätern. Heinrich blieb bei meiner Mutter und zog sich für seinen großen Auftritt um. Ich fand mich inzwischen totschick. Aber wer heiratet denn eigentlich im Januar?! Frost, Glatteis und dunkler Schneematsch. Wenn es mich da man nicht auf den Hintern haut. Juli wäre doch besser gewesen.

So langsam konnte es aber losgehen. Ich lief schon immer in der Wohnung meiner Freundin. Auf und ab das Laufen üben. Dann Stimmen im Treppenhaus. Also aus einer Kneipe musste Heinrich die Truppe nicht holen und sie schienen auch nüchtern zu sein. Opa Willi und mein Papa sahen sehr erwartungsvoll aus.

Die standesamtliche Trauung hatten wir ja am Tag davor schon im Rathaus hinter uns gebracht. Für mich war das nicht so wichtig. Was ist ein Stresemann-Kostüm schon gegen ein Hochzeitskleid.

Aber jetzt war ein neuer Tag. Meine Augen zeigten noch leichte Doppelbilder, alles in rosarot, und das linke wollte immer wieder zuklappen; ja die Müdigkeit. Doch mein blauer Lidschatten saß genau an der richtigen Stelle. Die schwarze Wimperntusche war zwar nicht wasserfest, aber heulen wollte ich sowieso nicht. Warum auch?! War doch nur 'ne Hochzeit. Über meine linke Oberlippe strahlte noch ein Leberfleck. Das galt damals als schick und sexy.
Treppe runter! Raus aus der Haustür! Rein in Onkel Hajung bunt geschmücktes Taxi! Raus aus dem Taxi! Rein in die Kirche! Ein bisschen still sitzen und die Lauscher aufsperren! Dann nichts wie raus und rein ins Auto. Fotograf! Ein paar Bilder für das Familienalbum und wieder nach Hause. Raus aus dem Taxi, rein in die Haustür, 5

Stufen hoch (Hochparterre). Dann in die Wohnung und den Kaffeedurst löschen.

Ach ja, ein paar Küsschen und Tränen von Mutti, Vati, Schwiegervater und ein paar andere kamen ja auch noch. Aber es kam alles ganz anders. Etwas unvergleichlich Schönes. Von meiner Wimperntusche blieb nur ein Rinnsal über die Wangen bis zur Kinnspitze. Bis es dazu kam, passierte so viel, und ich wusste jetzt, dies ist eine Hochzeit, wie sie sein muss.

Meine Mutti hatte sich übertroffen, und Heinrich und mir blieb die Spucke weg. Aber erst musste ich ja alles so erleben, wie es dann wirklich war. Meine Freundin machte die Wohnungstür auf, und ich war unglaublich aufgeregt. »Du«, sagte Monika, »Heinrich steht schon unten an der Treppe. Deine Mutter hat Tränen in den Augen.« Das Kinn meiner Mutter zitterte und die Hände hatte sie erwartungsvoll vor den Mund geschlagen. Allerdings glaubte ich, sie wirkte nur so verzweifelt, weil sie mich schon in voller Vorwärtsrolle die Treppe runterrollen sah. Aber sie war einfach nur überglücklich, ihre Tochter als wunderschöne Braut zu sehen. Vielleicht dachte sie auch an früher. Denn auch sie besaß damals, wie ich wusste, ein Brautkleid, hatte es aber nie tragen können. Es herrschte ja Krieg und mein Vater kam sehr spät heim. Sie hatte es später in rosa einfärben lassen. Es war ihr schönstes Kleid. Aus Organzastoff.

Mein Vater schaute mich an, und ich sah seinen wehmütigen Blick aus den wunderschönen wasserblauen Augen. Er war sehr stolz auf mich. Die Augenfarbe hatte ich von ihm. Übrigens nannte man ihn in einer bestimmen Kneipe »Blauäuglein«, was meiner Mutter die Nackenhaare hochstehen ließ. Eifersucht war ein »Fremdwort« für sie. Das dachte sie auch nur! Als man ihn auch noch »Stuart Granger« nannte, wegen seiner grauen Schläfen, war sie doch kurz vorm Platzen.

Nun ja, jetzt gab es keinen Anlass.

Und nun sah ich meinen Heinrich, in seinen braun-grünen Augen machten sich bereits dicke Tränen breit, und in der Hand hielt er meine Lieblingsblume – einen Strauß aus farbigen Gerbera.

Er sah schon schneidig aus in seiner Uniform. Sein Vater platzte bald vor Stolz. Ich schritt, mein Kleid natürlich vorne hochgerafft, erhobenen Hauptes eine Stufe nach der anderen runter. Mein Gott, war mir jetzt schon flau. Bloß nicht heulen! Ich hätte gar nicht gedacht, dass mich dieser Augenblick so umhauen würde. Das breite Grinsen meines Schwiegervaters über meinen Anblick, verstand ich so: »Du bist schon die Richtige, und wenn er nicht vernünftig ist, dann kriegt Heinrich von mir gewaltig was auf den Deckel.«

Es wurde geherzt, gedrückt und auf meine Schleppe getreten. Aber da draußen sowieso Matsch war, würde das ja ohnehin nicht auffallen.

Mein Großonkel Hajung, übrigens schon 80 Jahre alt, fuhr immer noch Taxi und hatte es sich nicht nehmen lassen, uns mit diesem schönen geschmückten Gefährt zur Kirche zu fahren. Allerdings gab es vorher noch ein kleines Problem. Seine Frau, meine Großtante Martha, war schwerhörig, er übrigens auch, stieg in das geschmückte Taxi, schließlich nieselte es. Es war außerdem kalt, und wozu ist denn so ein Wagen da!

Onkel Hajung wären fast die Augen aus dem Kopf gefallen, als er das sah, sagte er »Martha, du steigst sofort wieder aus und fährst gefälligst mit dem Bus. Setz deinen Hut, dieses »graue, faltige Salatblatt« auf und ziehe deinen Schal über die Nase. Sehen kannst du ja noch und wo du hin willst, weißt du ja auch. 50 Meter weiter ist ja die Bushaltestelle. In meinem Wagen fährt nur das Brautpaar mit. Ist das klar? Ich glaube du hast einen Knall.« Sauer, den zerknautschten Hut auf den Kopf, suchte sie das Weite.

Wir standen mit den Brautjungfern in der Haustür, meine Nase wurde langsam rot, Heinrichs Knie fingen an zu schlottern, und würde ich jetzt in einem Schlachterladen als Verkäuferin arbeiten, könnte ich frische Eisbeine anbieten. Trotzdem lächelten wir uns gequält, aber freundlich an und meinten, er werde schon gleich kommen.

Da endlich. Ein Lichtblick. Onkel Hajung bog rasant um die Ecke. Tante Martha hechtete um die Hausecke und war somit auch rechtzeitig da. Ich hakte Heinrich ein, versuchte nicht auszurutschen, denn meine Silberriemchenschuhe standen bereits in meiner Schleppe, die schon klatschnass vom Schnee war und wie ein dreckiger kleiner Feudel aussah.

Irgendeine Frau rief: »Ach, dieses wunderschöne Kleid! Statt sie es vorne anhebt, latscht sie lieber damit durch den Schnee! Und jetzt stößt sie auch noch mit dem Schleier an die Oberkante des Autos. Mein Gott, das muss die doch merken! Wie kann man nur so blöd sein? Das muss doch eine Menge Geld gekostet haben. Da, die Rosette auf dem Schleier hat auch schon eine Macke. »Also wenn das meine Tochter wäre …!« War ich aber zum Glück nicht! Also dachte ich, mecker weiter oder halte endlich deinen Schnabel, sonst schneit es noch bei dir rein. Das einzige, was ich merkte, war ein dicker Kloß in meinem Hals und einen unbändigen Drang, endlich loszufahren. Dass mein Kleid aus der zugeschlagenen Autotür heraushing, bemerkte ich gar nicht.

Heinrich strahlte, als hätte er einen Krampf im Gesicht. Meine Lieben, die wir gleich in der Kirche wiedersahen, winkten und standen samt Tante Martha in den Startlöchern. Hupend ging es dann die schneeverschmierten Straßen entlang, an denen einige Menschen standen und uns zuwinkten.

Das Glockengeläut kam langsam immer näher, und gleich sollten mir meine ersten Fesseln angelegt werden. Na ja, Heinrich bekam von mir ja auch welche verpasst. So war es also nicht. Wenn schon, denn schon. Schließlich hielt Onkel Hajung an der Kirchentür, wo der Pastor stand, an. Er schlich dann ganz galant zu meiner Autotür, hatte sie mächtig ins Zeug geschmissen, und sein Auto war wirklich liebevoll geschmückt. Also Tante Martha hätte da wirklich nicht hineingepasst. Im Übrigen hätte sie auch gar keinen Mann neben sich sitzen gehabt. Es sei denn, sie hatte sich eingebildet tatsächlich vorne neben Onkel Hajung auf dem Beifahrersitz mitzufahren.

Ich versuchte, so vernehm wie möglich, aus dem Auto zu steigen, stand natürlich schon wieder vorne mit dem Schuh im Kleidersaum, kriegte aber gerade noch die Kurve. Als wäre nichts gewesen, strich ich mein Kleid glatt, steckte mir die Rosette am Schleier, mit dem Kamm daran, wieder fest ins Haar, in dem Glauben, die Rosetten säßen prima genau auf meinem Hinterkopf.

Dann ging mir aber dieser unmögliche Satz meiner Mutter nicht aus dem Kopf. Sie sagte vorher pausenlos: »Kind, gehe erhobenen Hauptes, Augen geradeaus, langsam schreiten, das Kleid etwas anheben, nicht wie ein Trauerkloß aus der Wäsche gucken und bloß nicht auf die Schleppe treten, und lass den Brautstrauß nicht fallen!« Sonst noch was? Oder war's das jetzt? Na, die hatte ja Nerven. Hätte sie mich als Model ausbilden lassen, wäre ich nur so geschwebt. So schnell hätte sie gar nicht, und auch die anderen, hinterher gucken können.

Mit meinem Vater am Arm und unter Glockengeläut schritt ich dann (meine Mutter war übrigens stocksauer, dass ich die Schuhe mit Silberfarbe angemalt habe) den Teppich gerade entlang, als hätte ich ein Lineal verschluckt, zum Altar.

Die ganze Hochzeitsgesellschaft war aufgestanden und sah uns an. War das jetzt das Mitleid (nach dem Motto: Denn sie wissen nicht, was sie tun) oder aus purer Freude? Ich nehme mal an, das Letztere. Heinrich grinste mir vom Altar, der geschmückt war mit Kerzen und Blumen, entgegen. In seinen Augen funkelten schon wieder ein paar Tränen. Ich habe, das muss ich fairerweise zugeben, auch meine Backenzähne aufeinander gepresst.

Die Christuskirche war schlicht, aber dennoch erhaben. Vor dem Altar standen zwei Stühle, ein Glück, in den Schuhen hätte ich es stehend keine zehn Minuten mehr ausgehalten, dann wäre ich aus den Pantinen gekippt. Erst mal hinsetzen. Der Militärpfarrer redete, sprach von Vertrauen und Treue. In guten, wie in schlechten Tagen, und die Blumenkinder rutschten schon auf ihren Stühlen hin und her. Muss ja auch ziemlich langweilig für sie gewesen sein. Und dann auch noch Blumenkörbe mit Blütenblättern drin festhalten. Die Orgel spielte, wir standen beide auf.

Der Militärpfarrer redete schon wieder und ich dachte, vielleicht könnten wir jetzt mal zum Hauptteil übergehen. Das Schluchzen hinter uns war nicht zu überhören, und meine Mutter hatte mir, in weiser Voraussicht, ein von ihr selbst gehäkeltes Taschentuch mitgegeben. Mit einer »wir werden uns immer lieben« Miene schauten Heinrich und ich uns an, dann ein »Ja, ich will«; was anderes hätte ich auch in diesem Moment nicht hören wollen, steckten wir uns, des bedeutsamen Augenblicks bewusst, die goldenen Ringe an den Ringfinger der rechten Hand an.

Noch ein »Vater unser«, Glockenläuten, glückliche Gesichter, Blumenkinder, die Blüten in alle Richtung warfen und der kleine Olaf kippte, weil er keine Lust mehr hatte, den Korb uns so vor die Füße aus.

Blumen streuen ist "sooo" schön

Dann schritten wir durch die offene Kirchentür. Der eisige Wind ließ den Pfarrer draußen, er war schon vorausgegangen, fast wegfliegen. Aber er schaute auch genau zu, ob noch Geld in die Kollekte geschmissen wurde. Wie das so ist, manche hatten gar kein Kleingeld mit, und ich konnte mir vorstellen, dass auch vielleicht ein Hosenknopf nicht der erste war, den man gefunden hätte. Meine Zähne klapperten. Wenn jetzt Juli wäre! Das wäre doch geiler gewesen.

War es aber nicht. Wir bedankten uns noch für die netten Worte bei dem Pfarrer, und mein Blick fiel auf ein Spalier von Soldaten mit verschränkten Paddeln. Am Ende, und das fand ich bei diesem Sauwetter besonders gemein, hatten sie auch noch quer ein dickes, gedrehtes Seil gespannt. Und dann flogen auch noch Reiskörner. Die letzten hatten nach einer langen Reise die Mitte meiner Brüste erreicht. Die Reiskörner, ich konnte es kaum glauben, kamen von meinen Arbeitskollegen mit »Olleken« und »Püppelchen«. Sie hatten extra den Salon geschlossen. Das hatte es noch nie gegeben. Mein Stellenwert musste wirklich schon sehr hoch gewesen sein, sonst hätten sie das nicht gemacht.

Eine Lungenentzündung blinzelte mir schon langsam von Weitem zu. Na, wart's nur ab! Aber immer lächeln. Ein Cognac wäre jetzt gar nicht schlecht. Oder ein heißer Grog. Später. Erst einmal rief die Pflicht. Das dicke Tau durchsägen. Mein Schwiegervater hatte schon einmal von dieser Sitte gehört und zog hinten aus der Hose ein scharfes Messer hervor. Das war nun seine Aufgabe, Heinrich das Messer zu übergeben und so wurde der dicke Knoten nicht aufgepult (das hätte ja bis Silvester gedauert), sonder einfach durchgesägt. Das Gejohle war groß und bei allen lief die Nase.

Es war jetzt 15.45 Uhr und die fleißigen Nachbarinnen rührten kräftig in der Hochzeitssuppe herum. Ich fragte mich langsam, da es ja erst ein Glas Sekt, dann Kaffe und Kuchen gab, und ja nicht zu vergessen den Fotografen, ob der Eierstich die nächsten Stunden noch überleben würde? War zweifelhaft.

Onkel Hajung, der ja auch schon dem Babyalter entsprungen war, rauschte wieder zu seinem Wagen und hielt mir schnell die Tür auf. Kopf runter, Blumen auf den Schoß, Kleid rein und Tür zu. Heinrich saß schon drin und streichelte meine Hand. Die Gesellschaft löste sich langsam auf in Richtung nach Hause. Tante Martha fuhr mit Mutti und Papa im Auto mit, und so kam jeder gut bei uns zuhause an. Dachten wir!

Onkel Hajung fuhr ganz schneidig beim Fotografen vor, und Heinrich und ich gingen ins Fotostudio. Der Fotograf war ausgesprochen nett, nur dass mit dem so richtig »Hinstellen«, war ein richtiger Kampf. Den Kopf etwas schräg. Den Hals ein wenig nach vorne. Einen Fuß etwas vor den anderen stellen. Heinrichs Arm von hinten um meine Taille und nicht so verkrampft aus der Wäsche gucken. Seine Marinemütze saß korrekt, und irgendwie sah er ein bisschen verloren aus. Aber es war doch alles glatt über die Bühne gegangen. Der Kaffee roch schon bis ins Fotostudio. So sagte dann freundlich lächelnd der Fotograf: »Und nun noch die Brautjungfern und die Blumenkinder!«

Ich dachte, mir schwammen alle Fälle weg. Heinrich, weiß wie ein Käse im Gesicht, Schweißausbrüche. Ja, wo sind sie denn nun? Ja, wo denn? Jeder hatte doch vor der Kirche in den Autos alle mitgenommen. Wirklich alle? Warum waren sie nicht bei uns? Da der Fotograf noch eine andere Hochzeitsgesellschaft fotografieren musste, blieb ihm nicht mehr viel Zeit. Also, wer musste herhalten? »Onkel Hajung.«

Während von Heinrich und mir Fotos geschossen wurden, fragte ich mich immer, warum haben wir sie nicht vermisst? Und wo stecken sie überhaupt? Onkel Hajung raste wie einst Michael Schumacher zurück zur Kirche. Und wer stand da mit Raureif an den Augenbrauen, roter Nase mit Eiszapfen daran, krummen roten Fingern und schlotternden Knien? Unsere Brautjungfern und die Blumenkinder! Wie arme Würstchen wirkten sie. Durchgefroren, total einsam und einfach vergessen. Unsere Fotos waren inzwischen im Kasten. Allerdings wir beide ganz alleine. Schade. Heinrich und ich waren auch richtig enttäuscht und traurig. Aber es war nun mal passiert.

Onkel Hajung hatte die Frostbeulen inzwischen nach Hause gebracht und war auf dem Weg, uns wieder abzuholen. Mit großem Getöse wurden wir empfangen und noch einmal kräftig durchgeknutscht. Die herzlichen und liebevollen Worte und Glückwünsche meiner Eltern und meines Schwiegervaters hatten mich so glücklich gemacht, und auch Heinrich ging es nicht anders. Dann gab es von allen Seiten Geschenke, Geschiebe und die vier Frostbeulen hatten wir mit heißer Milch in die Nähe des Ofens verpflanzt. Nur zum Auftauen. Oder so.

Meine Zehen hatten langsam wieder Normalfarbe angenommen. Die ersten Gläser Sekt schwebten heran und »Hoch lebe das Brautpaar.« In der Zwischenzeit hatte ich mir schon dreimal meine Wimperntusche aufgetragen, mit der Wimpernzange einen Knick nach oben gemacht. Puder, rote Wangen und bestimmt vom vielen Küssen, die Lippen unzählige Male nachgezogen. Meine Rosette saß auch wieder richtig auf dem Kopf. Weiß an mir waren nur noch mein Schleier, der bis zur Schulter ging, und mein Hochzeitskleid bis unter die Knie. Alles andere weiter unten war klatschnass. Von der Schleppe ganz zu schweigen.
Die Hochzeitstafel hatte meine Mutter mit weißen Damastdecken, Kerzen und einem Blumenkranz um Heinrichs und mein Kaffee-

gedeck liebevoll drapiert. Jetzt war aber erst einmal eine Rede von meinem Papa angesagt. Meine Wimperntusche lief schon wieder in dunklen Rinnsalen über die Wangen. Heinrich lauschte ernst seinen Worten, und auch er musste einige Male schlucken. »Auf das Brautpaar.« Und die Sektgläser klangen aneinander. Mutti hatte, wie mein Papa, auch schon wieder Tränen in den Augen, und mein Schwiegervater ging seinen Gedanken nach.

Nach Papas Rede klatschten alle Gäste und warteten darauf, dass mein Schwiegervater ein paar einfühlsame Worte sagte, was ein Bund fürs Leben bedeutet. Auch bei seinen Worten war Stille eingetreten.

Dann endlich rauschte Wilma mit dem Kaffee ran von dem Duft war nicht nur ich ganz beseelt. Von 15.00 Uhr bis 17.00 Uhr nichts trinken, ist schon eine Bombenleistung.

Dann hieß es: »Alle still sein, Marianne kommt!«, sagte mein Vater. Erst schaute ihr Gesicht hinter dem Türrahmen hervor, dann ein Stückchen Tortenserviette und »tatata«, so sah sie aus: Unsere Hochzeitstorte! Sie lief so langsam, damit ja nichts herunter fiel und ihre Wangen glühten wie zwei blank polierte Äpfel. Dann blieb sie vor uns stehen und strahlte uns an. Ich habe sie seitdem nie mehr so oft so glücklich gesehen. Ihren ganzen Stolz trug sie in den Händen.

Langsam stellte sie die Torte, mit selbstgekochter Erdbeermarmelade, Madelsplitter, und auch selbstverständlich gemachter Buttercreme, Pistazien, Kokosflocken, Blätterteig und Marzipan mit Schokoladenrosetten und Mokkabohnen und dem kleinen Brautpaar in der Mitte, auf den Tisch. Das war ihr großer Beitrag und das schönste Hochzeitsgeschenk von ihr an uns beide. Mein Papa sah Mutti bewundernd von der Seite an und strich ihr zärtlich über die Wange. Alle waren ganz still, das Kerzenlicht flackerte und nun holte sie hinter ihrem Rücken ein großes Küchenmesser hervor. Die Torte war

durch die Biskuitböden besonders hoch. Alle saßen auf ihren Stühlen und Mutti stand immer noch stolz wie ein Spanier vor unserem Tisch. Sie drückte Heinrich das Tortenmesser in die Hand und legte sie über meine.

Gemeinsam schnitten wir vorsichtig die Torte an, und ich fing bitterlich an zu weinen. Dies war nicht nur unsere Torte, sondern sie gehörte auch »ihr«. Nur wenn man sich einmal selber etwas gewünscht, aber leider nie bekommen hatte, konnte man mit unendlicher Liebe so ein Prachtstück hinzaubern. Heinrich nahm meine Mutter in die Arme und drückte sie ganz fest. Sagen konnte er nichts. Ihm hätte eh die Stimme versagt. So, jetzt aber Schluss mit lustig. Aufhören zu heulen, und ran an den Speck. Es folgten noch Marmor-Apfel und weitere Torten.
Jetzt war ich also verheiratet. Dass alles so ein Aufwand war, hätte ich mir nie träumen lassen. Ich hätte mich in den Hintern gebissen, wenn ich meine Hochzeitsidee durchgesetzt hätte und dann enttäuscht gewesen wäre. Dies war so überwältigend. Alle hatten mitgeholfen. Die Küche in ein Schlachtfeld verwandelt, den Wäscheboden in eine fast behagliche kleine Wohnung umgestaltet, mit Spinnweben und einigen toten Fliegen als Dekoration versehen und trotzdem waren doch alle recht gut zufrieden.

Das Geschnatter, Lachen und Singen mit den wieder aufgetauten Kindern, brachte eine tolle Stimmung. Später rollte dann die sogenannte Hochzeitssuppe in Suppentassen von den fleißigen Arbeitsbienen aus der Küche heran, und man glaubte es kaum, der Eierstich hatte gehalten. Alle hauten kräftig rein, und mein Schwiegervater, Alouis, Norbert und mein Bruder Jürgen leckten schon wieder die Suppenlöffel ab. Das hieß Nachschlag. Auch mein Schwager Heinz langte noch einmal kräftig zu. Mit ihm und seiner lustigen Anneliese haben Heinrich und ich später noch unendlich viele, schöne und vor allem fröhliche Stunden verbracht. Ich habe sie als zwei sehr wertvolle Menschen kennengelernt.

Außerdem besaß ich die besten Schwiegereltern der Welt.

Die eine Tischecke verhielt sich besonders fröhlich. Aha, Muttis Brombeerwein. Wer hatte sich den denn unter den Nagel gerissen?

Die Stimmung war prima. Die kalten Platten, besonders die mit Krabben, Lachs, geräucherter Forelle, Aal, Matjes und Bismarckhering waren ratzfatz leer. Das war nun wieder eine gute Grundlage für die Mandarinenbowle oder andere Getränke. Aber auf Fisch muss erst einmal ein Schnaps getrunken werden. Ist im Norden eben so.

Plötzlich ohne Vorwarnung stand Tante Martha auf und bekundete uns, ein Lied aus ihrer Heimat Schlesien zu singen. Ich fand diese Idee total süß und die anderen auch. Mein Schwiegervater saß neben ihr und schaute sie lächelnd durch seine halbe Brille an. Nun mal los. Schick hatte sie sich gemacht. Ein dunkelblaues Kleid mit einem weißen Kragen und weißen Punkten darauf. Jetzt erhob sie ihren Zeigefinger und gab sich selbst den Takt an. Obwohl sie ja schon fast 80 Jahre alt war, hatte sie nicht beim Singen gezittert.

Dann passierte es. Allen blieb der Mund offen stehen. Tante Martha war das Gebiss aus dem Mund gefallen, genau neben Papas Bierglas. Schnell griff sie mit der Hand das Gebiss, setzte es mit einem Schnalzton wieder ein und sang fröhlich weiter. Mensch, war das eine Leistung, mal eben einfach so. Sie setzte sich dann wieder auf ihren Stuhl, holte ihr Weinglas und prostete uns zu. Das musste ihr erst einmal einer nachmachen! Toll! Alle lachten und lobten sie für dieses schöne Lied.

Heinrich und ich tanzten mit den anderen in der Stube. Man trat sich auf die Füße, auch mein Schleier machte sich mal wieder selbstständig, aber damit hatte man um 24.00 Uhr sowieso etwas anderes vor. Ich wusste Bescheid und hätte ihn am liebsten abgenommen und mir ein Stück alte Gardine auf den Kopf gesetzt. Aber dafür war es jetzt zu spät. Dass die Polizei nicht schon wieder vor der Tür stand, wunderte mich nicht. Bei der Lautstärke!

Zu spät! Es klingelte einmal, zweimal, dann schlug jemand gegen das Fenster. Meine Mutter machte die Tür auf und stellte mich einfach in Positur. Und meine Herren, was sehen wir? Eine Braut! Wollen sie mitfeiern? Sie lachten und verschwanden genauso schnell, wie sie gekommen waren. Meine Schwägerin Marion hatte in der Zwischenzeit schon eine Schere in der Hand und schnitt, ohne lang zu zögern, Löcher in meinen schönen Schleier.

So, jetzt ging die Post ab. Die Musik spielte noch etwas lauter und um genau 24.00 Uhr, konnte ich nur noch meine zwei Rosetten auf dem Kopf festhalten und ich war froh, dass wenigstens dieser auf meinem Hals festgewachsen war. Es begann ein Reißen und Ziehen und zwischendurch riefen immer einige: »Ich habe auch ein Stück erwischt!«
Ich war sauer, weil Marion den Schleier so hoch eingeschnitten hatte, dass kaum noch Spitze an den Rosetten war. Ein paar Haare musste ich auch noch lassen, und ich fragte mich, was dieser Quatsch eigentlich sollte. So ein Scheißbrauch.

Jetzt waren alle zufrieden und ich sah aus wie ein gerupftes Huhn. Nicht einmal meine Mutti, die mir ja den Schleier gekauft hatte, hielt ein Stückchen in der Hand. Später schnitt in vom Brautkleid etwas Spitze ab und gab es ihr. Ich glich einer Stubenfrau aus früheren Zeiten mit meinem Propeller.

Mein Gott, das sieht ja aus wie ein "Propeller"

Langsam löste sich die Gesellschaft auf. Unsere Wohnung glich wieder einmal einem Schlachtfeld und was hieß das? Nicht für Heinrich und mich! Aber für die übrigen Familienmitglieder. Schlafen auf dem Dachboden, Trockenraum, zwischen Spinnweben. Vielleicht waren ja auch noch ein paar tote Fliegen dazu gekommen. Jedenfalls gab es genug Matratzen und Wolldecken.

Heinrich und ich schliefen in der Wohnung, wo ich ein großes Eichenbett stehen hatte, was mir einmal mein Opa (Tischlermeister) gezimmert hatte. Ein kleiner Nierentisch, eine Lampe mit drei Hütchen, die man verdrehen konnte, einen kleinen Schrank und einen dicken Sessel, hatten meine Eltern mir vor einiger Zeit da hinein gestellt. Sie wollten, dass ich mein eigenes Zimmer hatte. Es war einfach lieb.

Jetzt kam der große, aber auch müde Augenblick, als ich mit Heinrich alleine war. Ich zog mich aus, streifte ein extra neu gekauftes Nachthemdchen über, und Heinrich hatte so einen eigenartigen Schlafanzug an. Da musste er wohl Scheuklappen getragen haben, als er ihn gekauft hatte.

Endlich allein! Da, was war das, unter der Bettdecke hatte meine Mutti uns eine Flasche Sekt versteckt. Sie war wirklich eine besondere Frau. Oh geil, da stehen ja auch zwei Gläser auf dem Tisch. Heinrich griff beschwingt die Flasche, suchte den Draht, um sie zu öffnen. Das ging dann ein paar Mal hin und her. »Ach, ich habe es. Reich mir mal die Gläser!« Gesagt, getan. Er hielt die Flasche etwas schief, der Korken flog an die Decke und der rote Sekt in alle Richtungen. Somit wurde unsere Hochzeit mit einem Knall beendet.

Toll sahen wir beide und das Zimmer aus! Ich war stocksauer. Warum musste er auch immer alles mit Gewalt machen. Ich starrte auf die leeren Sektgläser und Heinrich konnte sein Glanzstück von Schlafan-

Nicht mal Sekt kann er einschenken, oje
Geile Hochzeitsnacht
Ich Lasse mich scheiden, basta

zug wieder ausziehen. Ich klebte zwar überall, legte mich aber trotzdem aus Protest so ins Bett. Wie konnte man nur so ungeschickt sein? Ich dachte, er ist doch bei der Marine. Im Flaschenköpfen musste er eigentlich Übung haben. Aber so ist das. Männer haben viel Ahnung von nichts.

Überhaupt stellt man fünf Männern einen Werkzeugkasten hin, mit Schrauben, Schraubenzieher, Nägeln, usw., und einen Karton von Ikea mit Bedienungsanleitung, fängt ein Ratespiel an. Die Bedienungsanleitung ist nicht richtig geschrieben. Alle fünf sind sich einig. Es fehlen Dübel, Schrauben und vieles mehr.
    Jetzt übernimmt einer das Kommando. Er weiß, wie es geht. Ist doch ganz einfach Jungs! Brett A kommt neben Brett B. Man legt erst einmal alles auf den Fußboden. Dann noch die Rückwand. Wo sind die Nägel? Die Seitenwände müssen eins nach oben und eins nach unten. Und wo kommt jetzt der Unterboden hin? Die Mittelplatte passt auch nicht. Vielleicht sollten wir ein paar Löcher in die Seitenwände bohren.

Dann die Schrauben. Nein, geht nicht. Die sind ja auch zu groß geliefert. Überhaupt, die ganze Anleitung ist »Scheiße« und taugt nichts. Sollten wir den Plan nicht einmal anders herumdrehen. »Das habe ich ja gleich gesagt!«, brüllt knallrot der eine. »Was soll denn hier noch angeleimt werden? Am besten, wir packen alle mit an und stellen das ganze Ding mal hoch. Oh, die Holzbeine sind ja oben.« Was heißt das alles? Brauchst du einen kleinen Holzschrank, kaufe ihn lieber fertig. Es könnte auch passieren, dass beim Zusammenbauen eines Bürostuhles ein halbes Flugzeug dabei heraus kommt.
Technik liegt eben nicht jedem Mann. Aber ohne sie, wären wir ganz schön angeschmiert. Eines sollten die jungen Leute sich heute einmal sich vor Augen führen. Sie wissen ja gar nicht, wie toll es ist, so eine Hochzeit selber zu gestalten. Dieses Lachen. Alles auf den Kopf

stellen. Stube ausräumen, Schlafzimmer zerlegen. Nachbarsfrauen schwitzen sehen vom Kochen und Kuchenbacken. Das Glück in den Gesichtern, wenn alles gut gelungen ist. Das Gläschen Wein zwischendurch. Die Freunde, zu helfen.

Überhaupt Zusammenhalt! Das gibt es heute kaum noch. Vielleicht noch auf dem Land. Aber die meisten lassen doch so ein Fest, ohne selber einen Finger krumm zu machen, in einem dafür ausgesuchten Lokal oder Hotel ausrichten. Sie wissen ja gar nicht, um wie viele glückliche Momente, Freude über gelungene Kuchen, Gulaschsuppen oder einer fantastischen Mandarinenbowle sie betrogen werden. Aber mit Geld lässt sich ja fast alles machen. Konsum, das ist was zählt. Für mich ist diese Einstellung ziemlich egoistisch und nicht nachahmenswert. Vielleicht denken ja einmal die Kinder der nächsten Generation darüber nach. Es lohnt sich!

Heute ist diese Gemütlichkeit, Aufregung, Stimmung so nicht mehr zu erleben. Auf einem Bauernhof, da gibt es noch diesen Zusammenhalt. Und ich werde nicht eine Sekunde vergessen und würde immer wieder wie damals heiraten. Aber Glück, Zufriedenheit und Harmonie mit der Familie gibt es auch heute noch, wenn man Hochzeit feiert. Hauptsache glücklich!

Aber ansonsten sind die Männer schon in Ordnung. Ohne sie würde uns das Salz in der Suppe fehlen.

Heinrichs Seefahrt konnte beginnen. Und ich mir sechs Wochen meine Lungenentzündung bei Mutti auskurieren.

Mal sehen, wie es weitergeht.